Johann Wolfgang Goethe, geboren am 28. August 1749 in Frankfurt am Main, ist am 22. März 1832 in Weimar gestorben.

Josef Hegenbarth, geboren am 15. Juni 1884 in Böhmisch-Kamnitz, ist am 27. Juli 1962 in Dresden gestorben.

Goethes *Reineke Fuchs* – eine Hexameterbearbeitung des niederdeutschen Tierepos *Reynke de Vos* – ist eine Tiergeschichte und zugleich ein ironisch-klarsichtiges, zeitloses Buch vom Lauf des Lebens. Es ist ein Werk jener Goetheschen Weisheit, von der Hermann Hesse einmal sagte, daß die »Umkehr zu ihr der einzige Weg ist, um die Erde wieder mit dem Himmel zu versöhnen«. Der listenreiche Übeltäter Reineke Fuchs, gegen den die Tiergemeinschaft Klage bei ihrem König erhebt, wird zum Tode verurteilt und dann doch noch hoch geehrt und zum Reichskanzler ernannt. Keines seiner Opfer geriet lediglich durch Tücke des Reineke Fuchs oder durch Zufall ins Unglück, sondern zuallererst durch eigene Dummheit, Neid oder grenzenlose Gier. Kläger und Richter sind schuldbeladen wie der Angeklagte selbst. Es siegt in dieser Geschichte nicht die Vernunft oder gar das Gute, sondern der, der sich schamlos der List und der Macht bedient. Der nüchterne Realismus und das zugleich Heitere des alten »Hof- und Regentenspiegels« hatte Goethe angezogen und ihm 1793 – nach der Rückkehr von Valmy – geholfen, sich innerlich aus einer »für nichtswürdig erklärten« Welt zu retten.

Beides faszinierte auch den Illustrator Josef Hegenbarth. Mit seinen phantasievollen, dynamischen Federzeichnungen betont er dazu besonders das Groteske: „Ich liebe es, wo immer ich es finde – sei es bei der Wiedergabe eines Kopfes oder des Geästes eines Baumes, einer Hand, eines Aktes oder der Umrißlinie eines Tieres. Und ich finde es fast überall."

insel taschenbuch 2564

Goethe

Reineke Fuchs

Johann Wolfgang Goethe
Reineke Fuchs

In zwölf Gesängen

Mit 117 Illustrationen
von Josef Hegenbarth

Insel Verlag

insel taschenbuch 2564
Erste Auflage 1999
Insel Verlag Frankfurt am Main und Leipzig

Hinweise zu dieser Ausgabe am Schluß des Bandes
Vertrieb durch den Suhrkamp Taschenbuch Verlag
Druck: Clausen & Bosse, Leck
Printed in Germany

1 2 3 4 5 6 – 04 03 02 01 00 99

Erster Gesang

Pfingsten, das liebliche Fest, war gekommen! es grünten und blühten
Feld und Wald; auf Hügeln und Höhn, in Büschen und Hecken
Übten ein fröhliches Lied die neuermunterten Vögel;
Jede Wiese sproßte von Blumen in duftenden Gründen,
Festlich heiter glänzte der Himmel und farbig die Erde.

Nobel, der König, versammelt den Hof, und seine Vasallen
Eilen gerufen herbei mit großem Gepränge; da kommen
Viele stolze Gesellen von allen Seiten und Enden,
Lütke, der Kranich, und Markart, der Häher, und alle die Besten.
Denn der König gedenkt mit allen seinen Baronen
Hof zu halten in Feier und Pracht; er läßt sie berufen
Alle miteinander, so gut die Großen als Kleinen.
Niemand sollte fehlen! und dennoch fehlte der Eine,
Reineke Fuchs, der Schelm! der viel begangenen Frevels
Halben des Hofs sich enthielt. So scheuet das böse Gewissen
Licht und Tag, es scheute der Fuchs die versammelten Herren.
Alle hatten zu klagen, er hatte sie alle beleidigt,
Und nur Grimbart, den Dachs, den Sohn des Bruders, verschont' er.

Isegrim aber, der Wolf, begann die Klage. Von allen
Seinen Vettern und Gönnern, von allen Freunden begleitet,
Trat er vor den König und sprach die gerichtlichen Worte:
Gnädigster König und Herr! vernehmet meine Beschwerden.
Edel seid Ihr und groß und ehrenvoll, jedem erzeigt Ihr
Recht und Gnade: so laßt Euch denn auch des Schadens erbarmen,
Den ich von Reineke Fuchs mit großer Schande gelitten.
Aber vor allen Dingen erbarmt Euch, daß er mein Weib so
Freventlich öfters verhöhnt und meine Kinder verletzt hat.
Ach! er hat sie mit Unrat besudelt, mit ätzendem Unflat,

Daß mir zu Hause noch drei in bittrer Blindheit sich quälen.
Zwar ist alle der Frevel schon lange zur Sprache gekommen,
Ja, ein Tag war gesetzt, zu schlichten solche Beschwerden;
Er erbot sich zum Eide, doch bald besann er sich anders
Und entwischte behend nach seiner Feste. Das wissen
Alle Männer zu wohl, die hier und neben mir stehen.
Herr! ich könnte die Drangsal, die mir der Bube bereitet,
Nicht mit eilenden Worten in vielen Wochen erzählen.
Würde die Leinwand von Gent, so viel auch ihrer gemacht wird,
Alle zu Pergament, sie faßte die Streiche nicht alle,
Und ich schweige davon. Doch meines Weibes Entehrung
Frißt mir das Herz; ich räche sie auch, es werde, was wolle.

Als nun Isegrim so mit traurigem Mute gesprochen,
Trat ein Hündchen hervor, hieß Wackerlos, redte französisch
Vor dem König: wie arm es gewesen und nichts ihm geblieben
Als ein Stückchen Wurst in einem Wintergebüsche;
Reineke hab auch das ihm genommen! Jetzt sprang auch der Kater
Hinze zornig hervor und sprach: Erhabner Gebieter,
Niemand beschwere sich mehr, daß ihm der Bösewicht schade,
Denn der König allein! Ich sag Euch, in dieser Gesellschaft
Ist hier niemand, jung oder alt, er fürchtet den Frevler
Mehr als Euch! Doch Wackerlos' Klage will wenig bedeuten.
Schon sind Jahre vorbei, seit diese Händel geschehen;

Mir gehörte die Wurst! ich sollte mich damals beschweren.
Jagen war ich gegangen; auf meinem Wege durchsucht ich
Eine Mühle zu Nacht; es schlief die Müllerin; sachte
Nahm ich ein Würstchen, ich will es gestehn; doch hatte zu dieser
Wackerlos irgendein Recht, so dankt' ers meiner Bemühung.

Und der Panther begann: Was helfen Klagen und Worte!
Wenig richten sie aus, genug, das Übel ist ruchtbar.
Er ist ein Dieb, ein Mörder! Ich darf es kühnlich behaupten,
Ja, es wissens die Herren, er übet jeglichen Frevel.

Möchten doch alle die Edlen, ja selbst der erhabene König
Gut und Ehre verlieren: er lachte, gewänn er nur etwa
Einen Bissen dabei von einem fetten Kapaune.
Laßt Euch erzählen, wie er so übel an Lampen, dem Hasen,

Gestern tat; hier steht er! der Mann, der keinen verletzte.
Reineke stellte sich fromm und wollt ihn allerlei Weisen
Kürzlich lehren, und was zum Kaplan noch weiter gehöret,
Und sie setzten sich gegeneinander, begannen das *Credo*.
Aber Reineke konnte die alten Tücken nicht lassen;
Innerhalb unsers Königes Fried und freiem Geleite
Hielt er Lampen gefaßt mit seinen Klauen und zerrte
Tückisch den redlichen Mann. Ich kam die Straße gegangen,
Hörte beider Gesang, der, kaum begonnen, schon wieder
Endete. Horchend wundert ich mich, doch als ich hinzukam,
Kannt ich Reineken stracks, er hatte Lampen beim Kragen;
Ja, er hätt ihm gewiß das Leben genommen, wofern ich
Nicht zum Glücke des Wegs gekommen wäre. Da steht er!
Seht die Wunden an ihm, dem frommen Manne, den keiner
Zu beleidigen denkt. Und will es unser Gebieter,
Wollt ihr Herren es leiden, daß so des Königes Friede,
Sein Geleit und Brief von einem Diebe verhöhnt wird,
O, so wird der König und seine Kinder noch späten
Vorwurf hören von Leuten, die Recht und Gerechtigkeit lieben.

Isegrim sagte darauf: So wird es bleiben, und leider
Wird uns Reineke nie was Gutes erzeigen. O! läg er
Lange tot, das wäre das beste für friedliche Leute!
Aber wird ihm diesmal verziehn, so wird er in kurzem
Etliche kühnlich berücken, die nun es am wenigsten glauben.

Reinekens Neffe, der Dachs, nahm
jetzt die Rede, und mutig
Sprach er zu Reinekens Bestem, so falsch
auch dieser bekannt war.

Alt und wahr, Herr Isegrim! sagt' er, beweist sich das Sprichwort:
Feindes Mund frommt selten. So hat auch wahrlich mein Oheim
Eurer Worte sich nicht zu getrösten. Doch ist es ein leichtes.
Wär er hier am Hofe so gut als Ihr, und erfreut' er
Sich des Königes Gnade, so möcht es Euch sicher gereuen,
Daß Ihr so hämisch gesprochen und alte Geschichten erneuert.
Aber was Ihr Übels an Reineken selber verübet,
Übergeht Ihr; und doch, es wissen es manche der Herren,
Wie Ihr zusammen ein Bündnis geschlossen und beide versprochen,
Als zwei gleiche Gesellen zu leben. Das muß ich erzählen;
Denn im Winter einmal erduldet' er große Gefahren
Euretwegen. Ein Fuhrmann, er hatte Fische geladen,
Fuhr die Straße. Ihr spürtet ihn aus und hättet um alles
Gern von der Ware gegessen; doch fehlt' es Euch leider am Gelde.
Da beredetet Ihr den Oheim, er legte sich listig
Grade für tot in den Weg. Es war, beim Himmel, ein kühnes
Abenteuer! Doch merket, was ihm für Fische geworden.
Und der Fuhrmann kam und sah im Gleise den Oheim.

Hastig zog er sein Schwert, ihm eins zu versetzen; der Kluge
Rührt' und regte sich nicht, als wär er gestorben; der Fuhrmann
Wirft ihn auf seinen Karrn und freut sich des Balges im voraus.
Ja, das wagte mein Oheim für Isegrim! Aber der Fuhrmann
Fuhr dahin, und Reineke warf von den Fischen herunter.
Isegrim kam von ferne geschlichen, verzehrte die Fische.
Reineken mochte nicht länger zu fahren belieben; er hub sich,
Sprang vom Karren und wünschte nun auch von der Beute zu speisen.
Aber Isegrim hatte sie alle verschlungen; er hatte
Über Not sich beladen, er wollte bersten. Die Gräten
Ließ er allein zurück und bot dem Freunde den Rest an.
Noch ein anderes Stückchen! auch dies erzähl ich Euch wahrhaft.
Reineken war es bewußt, bei einem Bauer am Nagel
Hing ein gemästetes Schwein, erst heute geschlachtet; das sagt' er
Treu dem Wolfe: sie gingen dahin, Gewinn und Gefahren
Redlich zu teilen. Doch Müh und Gefahr trug jener alleine.
Denn er kroch zum Fenster hinein und warf mit Bemühen
Die gemeinsame Beute dem Wolf herunter; zum Unglück
Waren Hunde nicht fern, die ihn im Hause verspürten
Und ihm wacker das Fell zerzausten. Verwundet entkam er.
Eilig sucht' er Isegrim auf und klagt' ihm sein Leiden
Und verlangte sein Teil. Da sagte jener: Ich habe
Dir ein köstliches Stück verwahrt, nun mache dich drüber
Und benage mirs wohl; wie wird das Fette dir schmecken!
Und er brachte das Stück, das Krummholz war es, der Schlächter
Hatte daran das Schwein gehängt; der köstliche Braten
War vom gierigen Wolfe, dem ungerechten, verschlungen.
Reineke konnte vor Zorn nicht reden, doch was er sich dachte,
Denket Euch selbst. Herr König, gewiß, daß hundert und drüber
Solcher Stückchen der Wolf an meinem Oheim verschuldet!
Aber ich schweige davon. Wird Reineke selber gefordert,
Wird er sich besser verteidgen. Indessen, gnädigster König,

Edler Gebieter, ich darf es bemerken: Ihr habet, es haben
Diese Herren gehört, wie töricht Isegrims Rede
Seinem eignen Weibe und ihrer Ehre zu nah tritt,
Die er mit Leib und Leben beschützen sollte. Denn freilich
Sieben Jahre sinds her und drüber, da schenkte mein Oheim

Seine Lieb und Treue zum guten Teile der schönen
Frauen Gieremund; solches geschah beim nächtlichen Tanze;
Isegrim war verreist, ich sag es, wie mirs bekannt ist.
Freundlich und höflich ist sie ihm oft zu Willen geworden,
Und was ist es denn mehr? Sie bracht es niemals zur Klage,
Ja, sie lebt und befindet sich wohl, was macht er für Wesen?
Wär er klug, so schwieg' er davon, es bringt ihm nur Schande.
Weiter sagte der Dachs: Nun kommt das Märchen vom Hasen!
Eitel leeres Gewäsche! Den Schüler sollte der Meister
Etwa nicht züchtigen, wenn er nicht merkt und übel bestehet?
Sollte man nicht die Knaben bestrafen, und ginge der Leichtsinn,
Ginge die Unart so hin, wie sollte die Jugend erwachsen?
Nun klagt Wackerlos, wie er ein Würstchen im Winter verloren
Hinter der Hecke; das sollt er nur lieber im stillen verschmerzen,
Denn wir hören es ja, sie war gestohlen; zerronnen
Wie gewonnen; und wer kann meinem Oheim verargen,
Daß er gestohlenes Gut dem Diebe genommen? Es sollen
Edle Männer von hoher Geburt sich gehässig den Dieben
Und gefährlich erzeigen. Ja, hätt er ihn damals gehangen,
War es verzeihlich. Doch ließ er ihn los, den König zu ehren;
Denn am Leben zu strafen, gehört dem König alleine.
Aber wenigen Danks kann sich mein Oheim getrösten,
So gerecht er auch sei und Übeltaten verwehret.
Denn seitdem des Königes Friede verkündiget worden,
Hält sich niemand wie er. Er hat sein Leben verändert,
Speiset nur einmal des Tags, lebt wie ein Klausner, kasteit sich,
Trägt ein härenes Kleid auf bloßem Leibe und hat schon
Lange von Wildbret und zahmem Fleische sich gänzlich enthalten,
Wie mir noch gestern einer erzählte, der bei ihm gewesen.
Malepartus, sein Schloß, hat er verlassen und baut sich
Eine Klause zur Wohnung. Wie er so mager geworden,
Bleich von Hunger und Durst und andern strengeren Bußen,

Die er reuig erträgt, das werdet Ihr selber erfahren.
Denn was kann es ihm schaden, daß hier ihn jeder verklaget?
Kommt er hieher, so führt er sein Recht aus und macht sie zuschanden.

Als nun Grimbart geendigt, erschien zu großem Erstaunen
Henning, der Hahn, mit seinem Geschlecht. Auf trauriger Bahre,
Ohne Hals und Kopf, ward eine Henne getragen,
Kratzefuß war es, die beste der eierlegenden Hennen.
Ach, es floß ihr Blut, und Reineke hatt es vergossen!
Jetzo sollt es der König erfahren. Als Henning, der wackre,
Vor dem König erschien, mit höchstbetrübter Gebärde,
Kamen mit ihm zwei Hähne, die gleichfalls trauerten. Kreyant
Hieß der eine, kein besserer Hahn war irgend zu finden
Zwischen Holland und Frankreich; der andere durft ihm zur Seite
Stehen, Kantart genannt, ein stracker, kühner Geselle.
Beide trugen ein brennendes Licht; sie waren die Brüder
Der ermordeten Frau. Sie riefen über den Mörder
Ach und Weh! Es trugen die Bahr zwei jüngere Hähne,
Und man konnte von fern die Jammerklage vernehmen.
Henning sprach: Wir klagen den unersetzlichen Schaden,
Gnädigster Herr und König! Erbarmt Euch, wie ich verletzt bin,
Meine Kinder und ich. Hier seht Ihr Reinekens Werke!
Als der Winter vorbei und Laub und Blumen und Blüten
Uns zur Fröhlichkeit riefen, erfreut ich mich meines Geschlechtes,
Das so munter mit mir die schönen Tage verlebte!
Zehen junge Söhne, mit vierzehn Töchtern, sie waren
Voller Lust zu leben; mein Weib, die treffliche Henne,
Hatte sie alle zusammen in Einem Sommer erzogen.
Alle waren so stark und wohl zufrieden, sie fanden
Ihre tägliche Nahrung an wohlgesicherter Stätte.
Reichen Mönchen gehörte der Hof, uns schirmte die Mauer,
Und sechs große Hunde, die wackern Genossen des Hauses,

Liebten meine Kinder und wachten über ihr Leben.
Reineken aber, den Dieb, verdroß es, daß wir in Frieden
Glückliche Tage verlebten und seine Ränke vermieden.
Immer schlich er bei Nacht um die Mauer und lauschte beim Tore,
Aber die Hunde bemerktens: da mocht er laufen! sie faßten
Wacker ihn endlich einmal und ruckten das Fell ihm zusammen;
Doch er rettete sich und ließ uns ein Weilchen in Ruhe.
Aber nun höret mich an! Es währte nicht lange, so kam er
Als ein Klausner und brachte mir Brief und Siegel. Ich kannt es:
Euer Siegel sah ich am Briefe; da fand ich geschrieben:
Daß Ihr festen Frieden so Tieren als Vögeln verkündigt.
Und er zeigte mir an: er sei ein Klausner geworden,
Habe strenge Gelübde getan, die Sünden zu büßen,
Deren Schuld er leider bekenne. Da habe nun keiner
Mehr vor ihm sich zu fürchten, er habe heilig gelobet,
Nimmermehr Fleisch zu genießen. Er ließ mich die Kutte beschauen,
Zeigte sein Skapulier. Daneben wies er ein Zeugnis,
Das ihm der Prior gestellt, und, um mich sicher zu machen,
Unter der Kutte ein härenes Kleid. Dann ging er und sagte:
Gott dem Herren seid mir befohlen! ich habe noch vieles
Heute zu tun! ich habe die Sext und die None zu lesen
Und die Vesper dazu. Er las im Gehen und dachte
Vieles Böse sich aus, er sann auf unser Verderben.
Ich mit erheitertem Herzen erzählte geschwinde den Kindern
Eures Briefes fröhliche Botschaft; es freuten sich alle.
Da nun Reineke Klausner geworden, so hatten wir weiter
Keine Sorge noch Furcht. Ich ging mit ihnen zusammen
Vor die Mauer hinaus, wir freuten uns alle der Freiheit.
Aber leider bekam es uns übel. Er lag im Gebüsche
Hinterlistig; da sprang er hervor und verrannt uns die Pforte;
Meiner Söhne schönsten ergriff er und schleppt' ihn von dannen,
Und nun war kein Rat, nachdem er sie einmal gekostet;

Immer versucht' er es wieder, und weder Jäger noch Hunde
Konnten vor seinen Ränken bei Tag und Nacht uns bewahren.
So entriß er mir nun fast alle Kinder; von zwanzig
Bin ich auf fünfe gebracht, die andern raubt' er mir alle.
O, erbarmt Euch des bittern Schmerzes! er tötete gestern
Meine Tochter, es haben die Hunde den Leichnam gerettet.
Seht, hier liegt sie! Er hat es getan, o! nehmt es zu Herzen!

Und der König begann: Kommt näher, Grimbart, und sehet,
Also fastet der Klausner, und so beweist er die Buße!
Leb ich noch aber ein Jahr, so soll es ihn wahrlich gereuen!
Doch was helfen die Worte! Vernehmet, trauriger Henning:

Eurer Tochter ermangl es an nichts, was irgend den Toten
Nur zu Rechte geschieht. Ich laß ihr Vigilie singen,
Sie mit großer Ehre zur Erde bestatten; dann wollen
Wir mit diesen Herren des Mordes Strafe bedenken.

Da gebot der König, man solle Vigilie singen.
Domino placebo begann die Gemeine, sie sangen
Alle Verse davon. Ich könnte ferner erzählen,
Wer die Lektion gesungen und wer die Responsen;
Aber es währte zu lang, ich laß es lieber bewenden.
In ein Grab ward die Leiche gelegt und drüber ein schöner
Marmorstein, poliert wie ein Glas, gehauen im Viereck,
Groß und dick, und oben darauf war deutlich zu lesen:
›Kratzefuß, Tochter Hennings des Hahns, die beste der Hennen,
Legte viel Eier ins Nest und wußte klüglich zu scharren.
Ach, hier liegt sie! durch Reinekens Mord den Ihren genommen.
Alle Welt soll erfahren, wie bös und falsch er gehandelt,
Und die Tote beklagen.‹ So lautete, was man geschrieben.

Und es ließ der König darauf die Klügsten berufen,
Rat mit ihnen zu halten, wie er den Frevel bestrafte,
Der so klärlich vor ihn und seine Herren gebracht war.
Und sie rieten zuletzt: man habe dem listigen Frevler
Einen Boten zu senden, daß er um Liebes und Leides
Nicht sich entzöge, er solle sich stellen am Hofe des Königs
An dem Tage der Herrn, wenn sie zunächst sich versammeln.
Braun, den Bären, ernannte man aber zum Boten. Der König
Sprach zu Braun, dem Bären: Ich sag es, Euer Gebieter,
Daß Ihr mit Fleiß die Botschaft verrichtet! Doch rat ich zur Vorsicht,
Denn es ist Reineke falsch und boshaft, allerlei Listen
Wird er gebrauchen, er wird Euch schmeicheln, er wird Euch belügen,
Hintergehen, wie er nur kann. Mitnichten, versetzte

Zuversichtlich der Bär: bleibt ruhig! Sollt er sich irgend
Nur vermessen und mir zum Hohne das mindeste wagen,
Seht, ich schwör es bei Gott! der möge mich strafen, wofern ich
Ihm nicht grimmig vergölte, daß er zu bleiben nicht wüßte.

Zweiter Gesang

Also wandelte Braun auf seinem Weg zum Gebirge
Stolzen Mutes dahin, durch eine Wüste, die groß war,
Lang und sandig und breit; und als er sie endlich durchzogen,
Kam er gegen die Berge, wo Reineke pflegte zu jagen;
Selbst noch Tages zuvor hatt er sich dorten erlustigt.
Aber der Bär ging weiter nach Malepartus; da hatte
Reineke schöne Gebäude. Von allen Schlössern und Burgen,
Deren ihm viele gehörten, war Malepartus die beste.
Reineke wohnte daselbst, sobald er Übels besorgte.
Braun erreichte das Schloß und fand die gewöhnliche Pforte
Fest verschlossen. Da trat er davor und besann sich ein wenig;
Endlich rief er und sprach: Herr Oheim, seid Ihr zu Hause?
Braun, der Bär, ist gekommen, des Königs gerichtlicher Bote.

Denn es hat der König geschworen, Ihr sollet bei Hofe
Vor Gericht Euch stellen, ich soll Euch holen, damit Ihr
Recht zu nehmen und Recht zu geben keinem verweigert,
Oder es soll Euch das Leben kosten; denn bleibt Ihr dahinten,
Ist mit Galgen und Rad Euch gedroht. Drum wählet das Beste,
Kommt und folget mir nach, sonst möcht es Euch übel bekommen.

Reineke hörte genau vom Anfang zum Ende die Rede,
Lag und lauerte still und dachte: Wenn es gelänge,
Daß ich dem plumpen Kompan die stolzen Worte bezahlte?
Laßt uns die Sache bedenken. Er ging in die Tiefe der Wohnung,
In die Winkel des Schlosses, denn künstlich war es gebauet:
Löcher fanden sich hier und Höhlen mit vielerlei Gängen,
Eng und lang, und mancherlei Türen zum Öffnen und Schließen,
Wie es Zeit war und Not. Erfuhr er, daß man ihn suchte
Wegen schelmischer Tat, da fand er die beste Beschirmung.
Auch aus Einfalt hatten sich oft in diesen Mäandern
Arme Tiere gefangen, willkommene Beute dem Räuber.
Reineke hatte die Worte gehört, doch fürchtet' er klüglich,
Andre möchten noch neben dem Boten im Hinterhalt liegen.
Als er sich aber versichert, der Bär sei einzeln gekommen,
Ging er listig hinaus und sagte: Wertester Oheim,
Seid willkommen! Verzeiht mir! ich habe Vesper gelesen,
Darum ließ ich Euch warten. Ich dank Euch, daß Ihr gekommen,
Denn es nutzt mir gewiß bei Hofe, so darf ich es hoffen.
Seid zu jeglicher Stunde, mein Oheim, willkommen! Indessen
Bleibt der Tadel für den, der Euch die Reise befohlen,
Denn sie ist weit und beschwerlich. O Himmel! wie Ihr erhitzt seid!
Eure Haare sind naß und Euer Odem beklommen.
Hatte der mächtige König sonst keinen Boten zu senden,
Als den edelsten Mann, den er am meisten erhöhet?
Aber so sollt es wohl sein zu meinem Vorteil; ich bitte,

Helft mir am Hofe des Königs, allwo man mich übel verleumdet.
Morgen, setzt ich mir vor, trotz meiner mißlichen Lage,
Frei nach Hofe zu gehen, und so gedenk ich noch immer.
Nur für heute bin ich zu schwer, die Reise zu machen.
Leider hab ich zu viel von einer Speise gegessen,
Die mir übel bekommt; sie schmerzt mich gewaltig im Leibe.
Braun versetzte darauf: Was war es, Oheim? Der andre
Sagte dagegen: Was könnt es Euch helfen, und wenn ichs erzählte!
Kümmerlich frist ich mein Leben; ich leid es aber geduldig,

Ist ein armer Mann doch kein Graf! und findet zuweilen
Sich für uns und die Unsern nichts Besseres, müssen wir freilich
Honigscheiben verzehren, die sind wohl immer zu haben.
Doch ich esse sie nur aus Not; nun bin ich geschwollen.
Wider Willen schluckt ich das Zeug, wie sollt es gedeihen?
Kann ich es immer vermeiden, so bleibt mirs ferne vom Gaumen.

Ei! was hab ich gehört! versetzte der Braune, Herr Oheim!
Ei! verschmähet Ihr so den Honig, den mancher begehret?
Honig, muß ich Euch sagen, geht über alle Gerichte,
Wenigstens mir; o schafft mir davon, es soll Euch nicht reuen!
Dienen werd ich Euch wieder. – Ihr spottet, sagte der andre.
Nein, wahrhaftig! verschwur sich der Bär, es ist ernstlich gesprochen.
Ist dem also, versetzte der Rote: da kann ich Euch dienen,
Denn der Bauer Rüsteviel wohnt am Fuße des Berges.
Honig hat er! Gewiß, mit allem Eurem Geschlechte
Saht Ihr niemal so viel beisammen. Da lüstet' es Braunen
Übermäßig nach dieser geliebten Speise. O führt mich,
Rief er, eilig dahin! Herr Oheim, ich will es gedenken,
Schafft mir Honig, und wenn ich auch nicht gesättiget werde.
Gehen wir, sagte der Fuchs: es soll an Honig nicht fehlen.
Heute bin ich zwar schlecht zu Fuße; doch soll mir die Liebe,
Die ich Euch lange gewidmet, die sauern Tritte versüßen.
Denn ich kenne niemand von allen meinen Verwandten,
Den ich verehrte wie Euch! Doch kommt! Ihr werdet dagegen
An des Königes Hof am Herren-Tage mir dienen,
Daß ich der Feinde Gewalt und ihre Klagen beschäme.
Honigsatt mach ich Euch heute, so viel Ihr immer nur tragen
Möget. – Es meinte der Schalk die Schläge der zornigen Bauern.

Reineke lief ihm zuvor, und blindlings folgte der Braune.
Will mirs gelingen, so dachte der Fuchs: ich bringe dich heute

Noch zu Markte, wo dir ein bittrer Honig zuteil wird.
Und sie kamen zu Rüsteviels Hofe; das freute den Bären,
Aber vergebens, wie Toren sich oft mit Hoffnung betrügen.

Abend war es geworden, und Reineke wußte, gewöhnlich
Liege Rüsteviel nun in seiner Kammer zu Bette,
Der ein Zimmermann war, ein tüchtiger Meister. Im Hofe
Lag ein eichener Stamm; er hatte, diesen zu trennen,
Schon zwei tüchtige Keile hineingetrieben, und oben
Klaffte gespalten der Baum fast ellenweit. Reineke merkt' es,
Und er sagte: Mein Oheim, in diesem Baume befindet
Sich des Honiges mehr, als Ihr vermutet; nun stecket
Eure Schnauze hinein, so tief Ihr möget. Nur rat ich,
Nehmt nicht gierig zu viel, es möcht Euch übel bekommen.
Meint Ihr, sagte der Bär, ich sei ein Vielfraß? mitnichten!
Maß ist überall gut, bei allen Dingen. Und also
Ließ der Bär sich betören und steckte den Kopf in die Spalte
Bis an die Ohren hinein und auch die vordersten Füße.
Reineke machte sich dran, mit vielem Ziehen und Zerren
Bracht er die Keile heraus: nun war der Braune gefangen,
Haupt und Füße geklemmt; es half kein Schelten noch Schmeicheln.
Vollauf hatte der Braune zu tun, so stark er und kühn war,
Und so hielt der Neffe mit List den Oheim gefangen.
Heulend plärrte der Bär, und mit den hintersten Füßen
Scharrt' er grimmig und lärmte so sehr, daß Rüsteviel aufsprang.
Was es wäre? dachte der Meister und brachte sein Beil mit,
Daß man bewaffnet ihn fände, wenn jemand zu schaden gedächte.

Braun befand sich indes in großen Ängsten: die Spalte
Klemmt' ihn gewaltig, er zog und zerrte, brüllend vor Schmerzen.
Aber mit alle der Pein war nichts gewonnen; er glaubte
Nimmer von dannen zu kommen; so meint' auch Reineke freudig.

Als er Rüsteviel sah von ferne schreiten, da rief er:
Braun, wie steht es? Mäßiget Euch und schonet des Honigs!
Sagt, wie schmeckt es? Rüsteviel kommt und will Euch bewirten!
Nach der Mahlzeit bringt er ein Schlückchen, es mag Euch bekommen!
Da ging Reineke wieder nach Malepartus, der Feste.
Aber Rüsteviel kam, und als er den Bären erblickte,
Lief er, die Bauern zu rufen, die noch in der Schenke beisammen
Schmauseten. Kommt! so rief er: in meinem Hofe gefangen
Hat sich ein Bär, ich sage die Wahrheit. Sie folgten und liefen,
Jeder bewehrte sich eilig, so gut er konnte. Der eine
Nahm die Gabel zur Hand, und seinen Rechen der andre,
Und der dritte, der vierte, mit Spieß und Hacke bewaffnet,
Kamen gesprungen, der fünfte mit einem Pfahle gerüstet.
Ja, der Pfarrer und Küster, sie kamen mit ihrem Geräte.
Auch die Köchin des Pfaffen (sie hieß Frau Jutte, sie konnte
Grütze bereiten und kochen wie keine) blieb nicht dahinten,
Kam mit dem Rocken gelaufen, bei dem sie am Tage gesessen,
Dem unglücklichen Bären den Pelz zu waschen. Der Braune
Hörte den wachsenden Lärm in seinen schrecklichen Nöten,
Und er riß mit Gewalt das Haupt aus der Spalte; da blieb ihm
Haut und Haar des Gesichts bis zu den Ohren im Baume.
Nein! kein kläglicher Tier hat jemand gesehen! es rieselt'
Über die Ohren das Blut. Was half ihm, das Haupt zu befreien?
Denn es blieben die Pfoten im Baume stecken; da riß er
Hastig sie ruckend heraus; er raste sinnlos, die Klauen
Und von den Füßen das Fell blieb in der klemmenden Spalte.

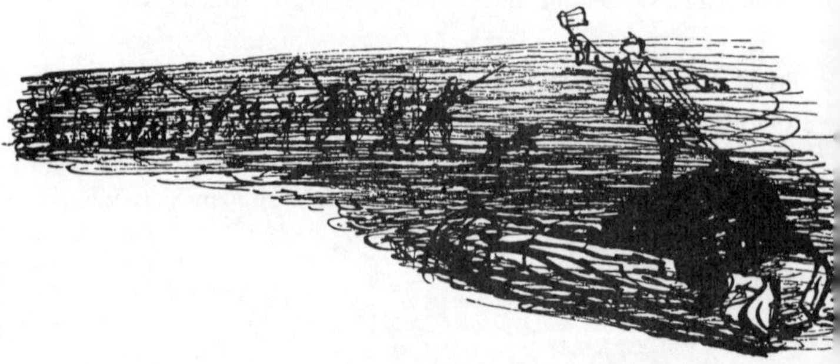

Leider schmeckte dies nicht nach süßem Honig, wozu ihm
Reineke Hoffnung gemacht; die Reise war übel geraten,
Eine sorgliche Fahrt war Braunen geworden. Es blutet'
Ihm der Bart und die Füße dazu, er konnte nicht stehen,
Konnte nicht kriechen, noch gehn. Und Rüsteviel eilte, zu schlagen,

Alle fielen ihn an, die mit dem Meister gekommen;
Ihn zu töten, war ihr Begehr. Es führte der Pater
Einen langen Stab in der Hand und schlug ihn von ferne.
Kümmerlich wandt er sich hin und her, es drängt' ihn der Haufen,
Einige hier mit Spießen, dort andre mit Beilen, es brachte

Hammer und Zange der Schmied, es kamen andre mit Schaufeln,
Andre mit Spaten, sie schlugen drauflos und riefen und schlugen,
Daß er vor schmerzlicher Angst in eignem Unflat sich wälzte.
Alle setzten ihm zu, es blieb auch keiner dahinten;
Der krummbeinige Schloppe mit dem breitnasigen Ludolf
Waren die Schlimmsten, und Gerold bewegte den hölzernen Flegel
Zwischen den krummen Fingern; ihm stand sein Schwager zur Seite,
Kückelrei war es, der dicke, die beiden schlugen am meisten.
Abel Quack und Frau Jutte dazu, sie ließens nicht fehlen;
Talke Lorden Quacks traf mit der Butte den Armen.
Und nicht diese Genannten allein, denn Männer und Weiber,
Alle liefen herzu und wollten das Leben des Bären.
Kückelrei machte das meiste Geschrei, er dünkte sich vornehm:

Denn Frau Willigetrud am hinteren Tore (man wußt es)
War die Mutter, bekannt war nie sein Vater geworden.
Doch es meinten die Bauern, der Stoppelmäher, der schwarze
Sander, sagten sie, möcht es wohl sein, ein stolzer Geselle,
Wenn er allein war. Es kamen auch Steine gewaltig geflogen,
Die den verzweifelten Braunen von allen Seiten bedrängten.
Nun sprang Rüsteviels Bruder hervor und schlug mit dem langen,
Dicken Knüttel den Bären aufs Haupt, daß Hören und Sehen
Ihm verging, doch fuhr er empor vom mächtigen Schlage.
Rasend fuhr er unter die Weiber, die untereinander
Taumelten, fielen und schrien, und einige stürzten ins Wasser,
Und das Wasser war tief. Da rief der Pater und sagte:
Sehet, da unten schwimmt Frau Jutte, die Köchin, im Pelze,
Und der Rocken ist hier! O helft, ihr Männer! Ich gebe
Bier zwei Tonnen zum Lohn und großen Ablaß und Gnade.
Alle ließen für tot den Bären liegen und eilten
Nach den Weibern ans Wasser, man zog aufs Trockne die fünfe.
Da indessen die Männer am Ufer beschäftiget waren,
Kroch der Bär ins Wasser vor großem Elend und brummte
Vor entsetzlichem Weh. Er wollte sich lieber ersäufen,
Als die Schläge so schändlich erdulden. Er hatte zu schwimmen
Nie versucht und hoffte sogleich das Leben zu enden.
Wider Vermuten fühlt' er sich schwimmen, und glücklich getragen
Ward er vom Wasser hinab; es sahen ihn alle die Bauern,
Riefen: Das wird uns gewiß zur ewigen Schande gereichen!
Und sie waren verdrießlich und schalten über die Weiber:
Besser blieben sie doch zu Hause! da seht nun, er schwimmet
Seiner Wege. Sie traten herzu, den Block zu besehen,
Und sie fanden darin noch Haut und Haare vom Kopfe
Und von den Füßen und lachten darob und riefen: Du kommst uns
Sicher wieder, behalten wir doch die Ohren zum Pfande!
So verhöhnten sie ihn noch über den Schaden, doch war er

Froh, daß er nur dem Übel entging. Er fluchte den Bauern,
Die ihn geschlagen, und klagte den Schmerz der Ohren und Füße,
Fluchte Reineken, der ihn verriet. Mit solchen Gebeten
Schwamm er weiter, es trieb ihn der Strom, der reißend und groß war,
Binnen weniger Zeit fast eine Meile hinunter;
Und da kroch er ans Land am selbigen Ufer und keichte.
Kein bedrängteres Tier hat je die Sonne gesehen!
Und er dachte den Morgen nicht zu erleben, er glaubte
Plötzlich zu sterben und rief: O Reineke, falscher Verräter!
Loses Geschöpf! Er dachte dabei der schlagenden Bauern,
Und er dachte des Baums und fluchte Reinekens Listen.
Aber Reineke Fuchs, nachdem er mit gutem Bedachte
Seinen Oheim zu Markte geführt, ihm Honig zu schaffen,
Lief er nach Hühnern, er wußte den Ort, und schnappte sich eines,
Lief und schleppte die Beute behend am Flusse hinunter.

Dann verzehrt' er sie gleich und eilte nach andern Geschäften
Immer am Flusse dahin und trank des Wassers und dachte:
O wie bin ich so froh, daß ich den tölpischen Bären
So zu Hofe gebracht! Ich wette, Rüsteviel hat ihm

Wohl das Beil zu kosten gegeben. Es zeigte der Bär sich
Stets mir feindlich gesinnt, ich hab es ihm wieder vergolten.
Oheim hab ich ihn immer genannt, nun ist er am Baume
Tot geblieben; des will ich mich freun, solang ich nur lebe.
Klagen und schaden wird er nicht mehr! – Und wie er so wandelt,
Schaut er am Ufer hinab und sieht den Bären sich wälzen.
Das verdroß ihn im Herzen, daß Braun lebendig entkommen.
Rüsteviel, rief er, du lässiger Wicht! du grober Geselle!
Solche Speise verschmähst du? die fett und guten Geschmacks ist,
Die manch ehrlicher Mann sich wünscht, und die so gemächlich
Dir zu Handen gekommen. Doch hat für deine Bewirtung
Dir der redliche Braun ein Pfand gelassen! So dacht er,
Als er den Braunen betrübt, ermattet und blutig erblickte.
Endlich rief er ihn an: Herr Oheim, find ich Euch wieder?
Habt Ihr etwas vergessen bei Rüsteviel? sagt mir, ich laß ihm
Wissen, wo Ihr geblieben. Doch soll ich sagen, ich glaube,
Vieles Honig habt Ihr gewiß dem Manne gestohlen,
Oder habt Ihr ihn redlich bezahlt? wie ist es geschehen?
Ei! wie seid Ihr gemalt? das ist ein schmähliches Wesen!
War der Honig nicht guten Geschmacks? Zu selbigem Preise
Steht noch manches zu Kauf! Doch, Oheim, saget mir eilig,
Welchem Orden habt Ihr Euch wohl so kürzlich gewidmet,
Daß Ihr ein rotes Barett auf Eurem Haupte zu tragen
Anfangt? Seid Ihr ein Abt? Es hat der Bader gewißlich,
Der die Platte Euch schor, nach Euren Ohren geschnappet.
Ihr verloret den Schopf, wie ich sehe, das Fell von den Wangen
Und die Handschuh dabei. Wo habt Ihr sie hängen gelassen?
Und so mußte der Braune die vielen spöttischen Worte
Hintereinander vernehmen und konnte vor Schmerzen nicht reden,
Sich nicht raten noch helfen. Und um nicht weiter zu hören,
Kroch er ins Wasser zurück und trieb mit dem reißenden Strome
Nieder und landete drauf am flachen Ufer. Da lag er,

Krank und elend, und jammerte laut und sprach zu sich selber:
Schlüge nur einer mich tot! Ich kann nicht gehen und sollte
Nach des Königes Hof die Reise vollenden, und bleibe
So geschändet zurück von Reinekens bösem Verrate.
Bring ich mein Leben davon, gewiß, dich soll es gereuen!
Doch er raffte sich auf und schleppte mit gräßlichen Schmerzen
Durch vier Tage sich fort, und endlich kam er zu Hofe.

Als der König den Bären in seinem Elend erblickte,
Rief er: Gnädiger Gott! Erkenn ich Braunen? Wie kommt er
So geschändet? Und Braun versetzte: Leider erbärmlich
Ist das Ungemach, das Ihr erblickt; so hat mich der Frevler
Reineke schändlich verraten! Da sprach der König entrüstet:
Rächen will ich gewiß ohn alle Gnade den Frevel.
Solch einen Herrn wie Braun, den sollte Reineke schänden?
Ja, bei meiner Ehre, bei meiner Krone! das schwör ich,
Alles soll Reineke büßen, was Braun zu Rechte begehret.
Halt ich mein Wort nicht, so trag ich kein Schwert mehr, ich will es geloben!

Und der König gebot, es solle der Rat sich versammeln,
Überlegen und gleich der Frevel Strafe bestimmen.
Alle rieten darauf, wofern es dem König beliebte,
Solle man Reineken abermals fordern, er solle sich stellen,
Gegen Anspruch und Klage sein Recht zu wahren. Es könne
Hinze, der Kater, sogleich die Botschaft Reineken bringen,
Weil er klug und gewandt sei. So rieten sie alle zusammen.

Und es vereinigte sich der König mit seinen Genossen,
Sprach zu Hinzen: Merket mir recht die Meinung der Herren!
Ließ' er sich aber zum drittenmal fordern, so soll es ihm selbst und
Seinem ganzen Geschlecht zum ewigen Schaden gereichen;
Ist er klug, so komm er in Zeiten. Ihr schärft ihm die Lehre;
Andre verachtet er nur, doch Eurem Rate gehorcht er.

Aber Hinze versetzte: Zum Schaden oder zum Frommen
Mag es gereichen, komm ich zu ihm, wie soll ichs beginnen?
Meinetwegen tut oder laßt es, aber ich dächte,
Jeden andern zu schicken, ist besser, da ich so klein bin.
Braun, der Bär, ist so groß und stark, und konnt ihn nicht zwingen,
Welcher Weise soll ich es enden? O! habt mich entschuldigt.

Du beredest mich nicht, versetzte der König: man findet
Manchen kleinen Mann voll List und Weisheit, die manchem
Großen fremd ist. Seid Ihr auch gleich kein Riese gewachsen,
Seid Ihr doch klug und gelehrt. Da gehorchte der Kater und sagte:
Euer Wille geschehe! und kann ich ein Zeichen erblicken
Rechter Hand am Wege, so wird die Reise gelingen.

Dritter Gesang

Nun war Hinze, der Kater, ein Stückchen Weges gegangen;
Einen Martinsvogel erblickt' er von weitem, da rief er:
Edler Vogel! Glück auf! o wende die Flügel und fliege
Her zu meiner Rechten! Es flog der Vogel und setzte
Sich zur Linken des Katers, auf einem Baume zu singen.
Hinze betrübte sich sehr, er glaubte sein Unglück zu hören,
Doch er machte nun selber sich Mut, wie mehrere pflegen.

Immer wandert' er fort nach Malepartus, da fand er
Vor dem Hause Reineken sitzen, er grüßt' ihn und sagte:
Gott, der reiche, der gute, bescher Euch glücklichen Abend!
Euer Leben bedrohet der König, wofern Ihr Euch weigert,
Mit nach Hofe zu kommen; und ferner läßt er Euch sagen:
Stehet den Klägern zu Recht, sonst werdens die Eurigen büßen.
Reineke sprach: Willkommen dahier, geliebtester Neffe!

Möget Ihr Segen von Gott nach meinem Wunsche genießen.
Aber er dachte nicht so in seinem verrätrischen Herzen;
Neue Tücke sann er sich aus, er wollte den Boten
Wieder geschändet nach Hofe senden. Er nannte den Kater
Immer seinen Neffen und sagte: Neffe, was setzt man
Euch für Speise nur vor? Man schläft gesättiget besser;
Einmal bin ich der Wirt, wir gingen dann morgen am Tage
Beide nach Hofe: so dünkt es mich gut. Von meinen Verwandten
Ist mir keiner bekannt, auf den ich mich lieber verließe.
Denn der gefräßige Bär war trotzig zu mir gekommen.
Er ist grimmig und stark, daß ich um vieles nicht hätte
Ihm zur Seite die Reise gewagt. Nun aber versteht sichs,
Gerne geh ich mit Euch. Wir machen uns frühe des Morgens
Auf den Weg: so scheinet es mir das beste geraten.
Hinze versetzte darauf: Es wäre besser, wir machten
Gleich uns fort nach Hofe, so wie wir gehen und stehen.
Auf der Heide scheinet der Mond, die Wege sind trocken.
Reineke sprach: Ich finde bei Nacht das Reisen gefährlich.
Mancher grüßet uns freundlich bei Tage, doch käm er im Finstern
Uns in den Weg, es möchte wohl kaum zum besten geraten.
Aber Hinze versetzte: So laßt mich wissen, mein Neffe,
Bleib ich hier, was sollen wir essen? Und Reineke sagte:
Ärmlich behelfen wir uns; doch wenn Ihr bleibet, so bring ich
Frische Honigscheiben hervor, ich wähle die klärsten.
Niemals eß ich dergleichen, versetzte murrend der Kater:
Fehlet Euch alles im Hause, so gebt eine Maus her! Mit dieser
Bin ich am besten versorgt, und sparet das Honig für andre.
Eßt Ihr Mäuse so gern? sprach Reineke: redet mir ernstlich;
Damit kann ich Euch dienen. Es hat mein Nachbar, der Pfaffe,
Eine Scheun im Hofe, darin sind Mäuse, man führe
Sie auf keinem Wagen hinweg; ich höre den Pfaffen
Klagen, daß sie bei Nacht und Tag ihm lästiger werden.

Unbedächtig sagte der Kater: Tut mir die Liebe,
Bringet mich hin zu den Mäusen! denn über Wildbret und alles
Lob ich mir Mäuse, die schmecken am besten. Und Reineke sagte:
Nun wahrhaftig, Ihr sollt mir ein herrliches Gastmahl genießen.
Da mir bekannt ist, womit ich Euch diene, so laßt uns nicht zaudern.

Hinze glaubt' ihm und folgte; sie kamen zur Scheune des Pfaffen,
Zu der lehmernen Wand. Die hatte Reineke gestern
Klug durchgraben und hatte durchs Loch dem schlafenden Pfaffen
Seiner Hähne den besten entwendet. Das wollte Martinchen
Rächen, des geistlichen Herrn geliebtes Söhnchen; er knüpfte
Klug vor die Öffnung den Strick mit einer Schlinge; so hofft' er
Seinen Hahn zu rächen am wiederkehrenden Diebe.
Reineke wußt und merkte sich das und sagte: Geliebter
Neffe, kriechet hinein gerade zur Öffnung; ich halte
Wache davor, indessen Ihr mauset; Ihr werdet zu Haufen
Sie im Dunkeln erhaschen. O höret, wie munter sie pfeifen!
Seid Ihr satt, so kommt nur zurück, Ihr findet mich wieder.
Trennen dürfen wir nicht uns diesen Abend, denn morgen
Gehen wir früh und kürzen den Weg mit muntern Gesprächen.
Glaubt Ihr, sagte der Kater, es sei hier sicher zu kriechen?

Denn es haben mitunter die Pfaffen auch Böses im Sinne.
Da versetzte der Fuchs, der Schelm: Wer konnte das wissen!
Seid Ihr so blöde? Wir gehen zurück! es soll Euch mein Weibchen
Gut und mit Ehren empfangen, ein schmackhaft Essen bereiten;
Wenn es auch Mäuse nicht sind, so laßt es uns fröhlich verzehren.
Aber Hinze, der Kater, sprang in die Öffnung, er schämte
Sich vor Reinekens spottenden Worten, und fiel in die Schlinge.
Also empfanden Reinekens Gäste die böse Bewirtung.

Da nun Hinze den Strick an seinem Halse verspürte,
Fuhr er ängstlich zusammen und übereilte sich furchtsam,
Denn er sprang mit Gewalt: da zog der Strick sich zusammen.

Kläglich rief er Reineken zu, der außer dem Loche
Horchte, sich hämisch erfreute und so zur Öffnung hineinsprach:
Hinze, wie schmecken die Mäuse? Ihr findet sie, glaub ich, gemästet.
Wüßte Martinchen doch nur, daß Ihr sein Wildbret verzehret;
Sicher brächt er Euch Senf: er ist ein höflicher Knabe.
Singet man so bei Hofe zum Essen? Es klingt mir bedenklich.

Wüßt ich Isegrim nur in diesem Loche, so wie ich
Euch zu Falle gebracht, er sollte mir alles bezahlen,
Was er mir Übels getan! Und so ging Reineke weiter.
Aber er ging nicht allein, um Diebereien zu üben;
Ehbruch, Rauben und Mord und Verrat, er hielt es nicht sündlich.
Und er hatte sich eben was ausgesonnen. Die schöne
Gieremund wollt er besuchen in doppelter Absicht: fürs erste
Hofft' er von ihr zu erfahren, was eigentlich Isegrim klagte;
Zweitens wollte der Schalk die alten Sünden erneuern.
Isegrim war nach Hofe gegangen, das wollt er benutzen.
Denn wer zweifelt daran, es hatte die Neigung der Wölfin
Zu dem schändlichen Fuchse den Zorn des Wolfes entzündet.
Reineke trat in die Wohnung der Frauen und fand sie nicht heimisch.
Grüß euch Gott, Stiefkinderchen! sagt' er, nicht mehr und nicht minder,
Nickte freundlich den Kleinen und eilte nach seinem Gewerbe.
Als Frau Gieremund kam des Morgens, wie es nur tagte,
Sprach sie: Ist niemand kommen, nach mir zu fragen? Soeben
Geht Herr Pate Reineke fort, er wünscht' Euch zu sprechen.
Alle, wie wir hier sind, hat er Stiefkinder geheißen.
Da rief Gieremund aus: Er soll es bezahlen! und eilte,
Diesen Frevel zu rächen zur selben Stunde. Sie wußte,
Wo er pflegte zu gehn; sie erreicht' ihn, zornig begann sie:
Was für Worte sind das? und was für schimpfliche Reden
Habt Ihr ohne Gewissen vor meinen Kindern gesprochen?
Büßen sollt Ihr dafür! So sprach sie zornig und zeigt' ihm
Ein ergrimmtes Gesicht; sie faßt' ihn am Barte, da fühlt' er
Ihrer Zähne Gewalt und lief und wollt ihr entweichen;

Sie behend strich hinter ihm drein. Da gab es Geschichten –
Ein verfallenes Schloß war in der Nähe gelegen,
Hastig liefen die beiden hinein; es hatte sich aber
Altershalben die Mauer an einem Turme gespalten.
Reineke schlupfte hindurch; allein er mußte sich zwängen,
Denn die Spalte war eng; und eilig steckte die Wölfin,
Groß und stark, wie sie war, den Kopf in die Spalte; sie drängte,
Schob und brach und zog und wollte folgen, und immer
Klemmte sie tiefer sich ein und konnte nicht vorwärts noch rückwärts.
Da das Reineke sah, lief er zur anderen Seite

Krummen Weges herein und kam und macht' ihr zu schaffen.
Aber sie ließ es an Worten nicht fehlen, sie schalt ihn: Du handelst
Als ein Schelm! ein Dieb! Und Reineke sagte dagegen:
Ist es noch niemals geschehn, so mag es jetzo geschehen.

Wenig Ehre verschafft es, sein Weib mit andern zu sparen,
Wie nun Reineke tat. Gleichviel war alles dem Bösen.
Da nun endlich die Wölfin sich aus der Spalte gerettet,

War schon Reineke weg und seine Straße gegangen.
Und so dachte die Frau, sich selber Recht zu verschaffen,
Ihrer Ehre zu wahren, und doppelt war sie verloren.

Lasset uns aber zurück nach Hinzen sehen. Der Arme,
Da er gefangen sich fühlte, beklagte nach Weise der Kater
Sich erbärmlich; das hörte Martinchen und sprang aus dem Bette.
Gott sei Dank! Ich habe den Strick zur glücklichen Stunde
Vor die Öffnung geknüpft; der Dieb ist gefangen! Ich denke,
Wohl bezahlen soll er den Hahn! So jauchzte Martinchen,
Zündete hurtig ein Licht an (im Hause schliefen die Leute),

Weckte Vater und Mutter darauf und alles Gesinde,
Rief: Der Fuchs ist gefangen! wir wollen ihm dienen. Sie kamen
Alle, groß und klein, ja selbst der Pater erhub sich,
Warf ein Mäntelchen um; es lief mit doppelten Lichtern
Seine Köchin voran, und eilig hatte Martinchen
Einen Knüttel gefaßt und machte sich über den Kater,
Traf ihm Haut und Haupt und schlug ihm grimmig ein Aug aus.
Alle schlugen auf ihn; es kam mit zackiger Gabel
Hastig der Pater herbei und glaubte den Räuber zu fällen.
Hinze dachte zu sterben; da sprang er wütend entschlossen
Zwischen die Schenkel des Pfaffen und biß und kratzte gefährlich,
Schändete grimmig den Mann und rächte grausam das Auge.
Schreiend stürzte der Pater und fiel ohnmächtig zur Erden.
Unbedachtsam schimpfte die Köchin: es habe der Teufel
Ihr zum Possen das Spiel selbst angerichtet. Und doppelt,
Dreifach schwur sie: wie gern verlöre sie, wäre das Unglück
Nicht dem Herren begegnet, ihr bißchen Habe zusammen.
Ja, sie schwur: ein Schatz von Golde, wenn sie ihn hätte,
Sollte sie wahrlich nicht reuen, sie wollt ihn missen. So jammert'
Sie die Schande des Herrn und seine schwere Verwundung.
Endlich brachten sie ihn mit vielen Klagen zu Bette,
Ließen Hinzen am Strick und hatten seiner vergessen.

Als nun Hinze, der Kater, in seiner Not sich allein sah,
Schmerzlich geschlagen und übel verwundet, so nahe dem Tode,
Faßt' er aus Liebe zum Leben den Strick und nagt' ihn behende.
Sollt ich mich etwa erlösen vom großen Übel? so dacht er.
Und es gelang ihm, der Strick zerriß. Wie fand er sich glücklich!
Eilte, dem Ort zu entfliehn, wo er so vieles erduldet;
Hastig sprang er zum Loche heraus und eilte die Straße
Nach des Königes Hof, den er des Morgens erreichte.
Ärgerlich schalt er sich selbst. So mußte dennoch der Teufel

Dich durch Reinekens List, des bösen Verräters, bezwingen!
Kommst du doch mit Schande zurück, am Auge geblendet
Und mit Schlägen schmerzlich beladen, wie mußt du dich schämen!

Aber des Königes Zorn entbrannte heftig, er dräute
Dem Verräter den Tod ohn alle Gnade. Da ließ er
Seine Räte versammeln; es kamen seine Baronen,
Seine Weisen zu ihm, er fragte, wie man den Frevler
Endlich brächte zu Recht, der schon so vieles verschuldet?
Als nun viele Beschwerden sich über Reineken häuften,
Redete Grimbart, der Dachs: Es mögen in diesem Gerichte
Viele Herren auch sein, die Reineken Übels gedenken,
Doch wird niemand die Rechte des freien Mannes verletzen.
Nun zum drittenmal muß man ihn fordern. Ist dieses geschehen,
Kommt er dann nicht, so möge das Recht ihn schuldig erkennen.
Da versetzte der König: Ich fürchte, keiner von allen
Ginge, dem tückischen Manne die dritte Ladung zu bringen.
Wer hat ein Auge zuviel? wer mag verwegen genug sein,
Leib und Leben zu wagen um diesen bösen Verräter?
Seine Gesundheit aufs Spiel zu setzen und dennoch am Ende
Reineken nicht zu stellen? Ich denke, niemand versucht es.

Überlaut versetzte der Dachs: Herr König, begehret
Ihr es von mir, so will ich sogleich die Botschaft verrichten,
Sei es, wie es auch sei. Wollt Ihr mich öffentlich senden,
Oder geh ich, als käm ich von selber? Ihr dürft nur befehlen.
Da beschied ihn der König: So geht dann! Alle die Klagen
Habt Ihr sämtlich gehört, und geht nur weislich zu Werke,
Denn es ist ein gefährlicher Mann. Und Grimbart versetzte:
Einmal muß ich es wagen und hoff ihn dennoch zu bringen.
So betrat er den Weg nach Malepartus, der Feste;
Reineken fand er daselbst mit Weib und Kindern und sagte:
Oheim Reineke, seid mir gegrüßt! Ihr seid ein gelehrter,
Weiser, kluger Mann, wir müssen uns alle verwundern,
Wie Ihr des Königs Ladung verachtet, ich sage, verspottet.
Deucht Euch nicht, es wäre nun Zeit? Es mehren sich immer

Klagen und böse Gerüchte von allen Seiten. Ich rat Euch,
Kommt nach Hofe mit mir, es hilft kein längeres Zaudern.
Viele, viele Beschwerden sind vor den König gekommen,
Heute werdet Ihr nun zum dritten Male geladen;
Stellt Ihr Euch nicht, so seid Ihr verurteilt. Dann führet der König
Seine Vasallen hieher, Euch einzuschließen, in dieser
Feste Malepartus Euch zu belagern; so gehet
Ihr mit Weib und Kindern und Gut und Leben zugrunde.
Ihr entfliehet dem Könige nicht; drum ist es am besten,
Kommt nach Hofe mit mir! Es wird an listiger Wendung
Euch nicht fehlen, Ihr habt sie bereit und werdet Euch retten;
Denn Ihr habt ja wohl oft, auch an gerichtlichen Tagen,
Abenteuer bestanden, weit größer als dieses, und immer
Kamt Ihr glücklich davon und Eure Gegner in Schande.

Grimbart hatte gesprochen, und Reineke sagte dagegen:
Oheim, Ihr ratet mir wohl, daß ich zu Hofe mich stelle,
Meines Rechtes selber zu wahren. Ich hoffe, der König
Wird mir Gnade gewähren; er weiß, wie sehr ich ihm nütze;
Aber er weiß auch, wie sehr ich deshalb den andern verhaßt bin.
Ohne mich kann der Hof nicht bestehn. Und hätt ich noch zehnmal
Mehr verbrochen, so weiß ich es schon: sobald mirs gelinget,
Ihm in die Augen zu sehen und ihn zu sprechen, so fühlt er
Seinen Zorn im Busen bezwungen. Denn freilich begleiten

Viele den König und kommen in seinem Rate zu sitzen;
Aber es geht ihm niemal zu Herzen; sie finden zusammen
Weder Rat noch Sinn. Doch bleibet an jeglichem Hofe,
Wo ich immer auch sei, der Ratschluß meinem Verstande.
Denn versammeln sich König und Herren, in kitzlichen Sachen
Klugen Rat zu ersinnen, so muß ihn Reineke finden.
Das mißgönnen mir viele. Die hab ich leider zu fürchten,
Denn sie haben den Tod mir geschworen, und grade die Schlimmsten
Sind am Hofe versammelt, das macht mich eben bekümmert.
Über zehen und Mächtige sinds, wie kann ich alleine
Vielen widerstehn? Drum hab ich immer gezaudert.
Gleichwohl find ich es besser, mit Euch nach Hofe zu wandeln,
Meine Sache zu wahren; das soll mehr Ehre mir bringen,
Als durch Zaudern mein Weib und meine Kinder in Ängsten
Und Gefahren zu stürzen; wir wären alle verloren.
Denn der König ist mir zu mächtig, und was es auch wäre,
Müßt ich tun, sobald ers befiehlt. Wir können versuchen,
Gute Verträge vielleicht mit unsern Feinden zu schließen.

Reineke sagte darnach: Frau Ermelyn, nehmet der Kinder
(Ich empfehl es Euch) wahr, vor allen andern des jüngsten,
Reinharts; es stehn ihm die Zähne so artig ums Mäulchen, ich hoff, er
Wird der leibhaftige Vater; und hier ist Rossel, das Schelmchen,
Der mir ebenso lieb ist. O! tut den Kindern zusammen
Etwas zugut, indes ich weg bin! Ich wills Euch gedenken,
Kehr ich glücklich zurück und Ihr gehorchet den Worten.
Also schied er von dannen mit Grimbart, seinem Begleiter,
Ließ Frau Ermelyn dort mit beiden Söhnen und eilte;
Unberaten ließ er sein Haus; das schmerzte die Füchsin.

Beide waren noch nicht ein Stündchen Weges gegangen,
Als zu Grimbart Reineke sprach: Mein teuerster Oheim,
Wertester Freund, ich muß Euch gestehn, ich bebe vor Sorgen.

Ich entschlage mich nicht des ängstlichen, bangen Gedankens,
Daß ich wirklich dem Tod entgegengehe. Da seh ich
Meine Sünden vor mir, so viel ich deren begangen.
Ach! Ihr glaubet mir nicht die Unruh, die ich empfinde.
Laßt mich beichten! höret mich an! kein anderer Pater
Ist in der Nähe zu finden; und hab ich alles vom Herzen,
Werd ich nicht schlimmer darum vor meinem Könige stehen.
Grimbart sagte: Verredet zuerst das Rauben und Stehlen,
Allen bösen Verrat und andre gewöhnliche Tücken,
Sonst kann Euch die Beichte nicht helfen. Ich weiß es, versetzte
Reineke: darum laßt mich beginnen und höret bedächtig.

Confiteor tibi Pater et Mater, daß ich der Otter,
Daß ich dem Kater und manchen gar manche Tücke versetzte,
Ich bekenn es und lasse mir gern die Buße gefallen.
Redet Deutsch, versetzte der Dachs, damit ichs verstehe.
Reineke sagte: Ich habe mich freilich, wie sollt ich es leugnen!
Gegen alle Tiere, die jetzo leben, versündigt.
Meinen Oheim, den Bären, den hielt ich im Baume gefangen;
Blutig ward ihm sein Haupt, und viele Prügel ertrug er.
Hinzen führt ich nach Mäusen; allein am Stricke gehalten
Mußt er vieles erdulden und hat sein Auge verloren.
Und so klaget auch Henning mit Recht, ich raubt ihm die Kinder,
Groß' und kleine, wie ich sie fand, und ließ sie mir schmecken.
Selbst verschont ich des Königes nicht, und mancherlei Tücken
Übt ich kühnlich an ihm und an der Königin selber;
Spät verwindet sie's nur. Und weiter muß ich bekennen:
Isegrim hab ich, den Wolf, mit allem Fleiße geschändet;
Alles zu sagen, fänd ich nicht Zeit. So hab ich ihn immer
Scherzend Oheim genannt, und wir sind keine Verwandte.
Einmal, es werden nun bald sechs Jahre, kam er nach Elkmar
Zu mir ins Kloster, ich wohnte daselbst, und bat mich um Beistand,

Weil er eben ein Mönch zu werden gedächte. Das, meint' er,
Wär ein Handwerk für ihn, und zog die Glocke. Das Läuten
Freut' ihn so sehr! Ich band ihm darauf die vorderen Füße
Mit dem Seile zusammen, er war es zufrieden und stand so,
Zog und erlustigte sich und schien das Läuten zu lernen.
Doch es sollt ihm die Kunst zu schlechter Ehre gedeihen,
Denn er läutete zu wie toll und törig. Die Leute
Liefen eilig bestürzt aus allen Straßen zusammen,
Denn sie glaubten, es sei ein großes Unglück begegnet;
Kamen und fanden ihn da, und eh er sich eben erklärte,
Daß er den geistlichen Stand ergreifen wolle, so war er
Von der dringenden Menge beinah zu Tode geschlagen.
Dennoch beharrte der Tor auf seinem Vorsatz und bat mich,
Daß ich ihm sollte mit Ehren zu einer Platte verhelfen;
Und ich ließ ihm das Haar auf seinem Scheitel versengen,

Daß die Schwarte davon zusammenschrumpfte. So hab ich
Oft ihm Prügel und Stöße mit vieler Schande bereitet.
Fische lehrt ich ihn fangen, sie sind ihm übel bekommen.
Einmal folgt' er mir auch im Jülicher Lande, wir schlichen
Zu der Wohnung des Pfaffen, des reichsten in dortiger Gegend.
Einen Speicher hatte der Mann mit köstlichen Schinken,
Lange Seiten des zartesten Specks verwahrt' er daneben,
Und ein frisch gesalzenes Fleisch befand sich im Troge.
Durch die steinerne Mauer gelang es Isegrim endlich,
Eine Spalte zu kratzen, die ihn gemächlich hindurchließ,
Und ich trieb ihn dazu, es trieb ihn seine Begierde.
Aber da konnt er sich nicht im Überflusse bezwingen,
Übermäßig füllt' er sich an; da hemmte gewaltig
Den geschwollenen Leib und seine Rückkehr die Spalte.
Ach, wie klagt' er sie an, die ungetreue, sie ließ ihn
Hungrig hinein und wollte dem Satten die Rückkehr verwehren.
Und ich machte darauf ein großes Lärmen im Dorfe,
Daß ich die Menschen erregte, die Spuren des Wolfes zu finden.
Denn ich lief in die Wohnung des Pfaffen und traf ihn beim Essen,
Und ein fetter Kapaun ward eben vor ihn getragen,

Wohlgebraten; ich schnappte darnach und trug ihn von dannen.
Hastig wollte der Pfaffe mir nach und lärmte, da stieß er
Über den Haufen den Tisch mit Speisen und allem Getränke.
Schlaget, werfet, fanget und stechet! so rief der ergrimmte
Pater und fiel und kühlte den Zorn (er hatte die Pfütze
Nicht gesehen) und lag. Und alle kamen und schrieen:
Schlagt! ich rannte davon und hinter mir alle zusammen,
Die mir das Schlimmste gedachten. Am meisten lärmte der Pfaffe:
Welch ein verwegener Dieb! Er nahm das Huhn mir vom Tische!
Und so lief ich voraus, bis zu dem Speicher, da ließ ich
Wider Willen das Huhn zur Erde fallen, es ward mir
Endlich leider zu schwer; und so verlor mich die Menge.
Aber sie fanden das Huhn, und da der Pater es aufhub,
Ward er des Wolfes im Speicher gewahr, es sah ihn der Haufen.
Allen rief der Pater nun zu: Hierher nur! und trefft ihn!
Uns ist ein anderer Dieb, ein Wolf in die Hände gefallen,
Käm er davon, wir wären beschimpft; es lachte wahrhaftig
Alles auf unsere Kosten im ganzen Jülicher Lande.
Was er nur konnte, dachte der Wolf. Da regnet' es Schläge
Hierher und dorther ihm über den Leib und schmerzliche Wunden.
Alle schrien, so laut sie konnten; die übrigen Bauern
Liefen zusammen und streckten für tot ihn zur Erde darnieder.
Größeres Weh geschah ihm noch nie, solang er auch lebte.
Malt' es einer auf Leinwand, es wäre seltsam zu sehen,
Wie er dem Pfaffen den Speck und seine Schinken bezahlte.
Auf die Straße warfen sie ihn und schleppten ihn eilig
Über Stock und Stein; es war kein Leben zu spüren.
Und er hatte sich unrein gemacht, da warf man mit Abscheu
Vor das Dorf ihn hinaus; er lag in schlammiger Grube,
Denn sie glaubten ihn tot. In solcher schmählichen Ohnmacht
Blieb er, ich weiß nicht wie lange, bevor er sein Elend gewahr ward,
Wie er noch endlich entkommen, das hab ich niemals erfahren.

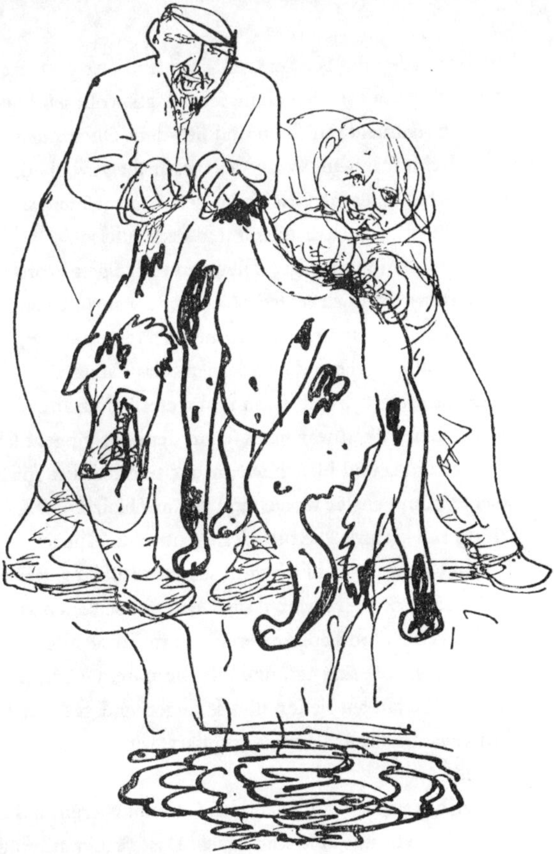

Und doch schwur er hernach (es kann ein Jahr sein), mir immer
Treu und gewärtig zu bleiben; nur hat es nicht lange gedauert.
Denn warum er mir schwur, das konnt ich leichtlich begreifen:
Gerne hätt er einmal sich satt an Hühnern gegessen.
Und damit ich ihn tüchtig betröge, beschrieb ich ihm ernstlich
Einen Balken, auf dem sich ein Hahn des Abends gewöhnlich
Neben sieben Hühnern zu setzen pflegte. Da führt ich
Ihn im stillen bei Nacht, es hatte zwölfe geschlagen,

Und der Laden des Fensters, mit leichter Latte gestützet,
Stand (ich wußt es) noch offen. Ich tat, als wollt ich hineingehn;
Aber ich schmiegte mich an und ließ dem Oheim den Vortritt.
Gehet frei nur hinein, so sagt ich: wollt Ihr gewinnen,
Seid geschäftig, es gilt! Ihr findet gemästete Hennen.
Gar bedächtig kroch er hinein und tastete leise
Hier- und dahin und sagte zuletzt mit zornigen Worten:
O wie führt Ihr mich schlecht! ich finde wahrlich von Hühnern
Keine Feder. Ich sprach: Die vorne pflegten zu sitzen,
Hab ich selber geholt, die andern sitzen dahinten.
Geht nur unverdrossen voran und tretet behutsam.
Freilich der Balken war schmal, auf dem wir gingen. Ich ließ ihn
Immer voraus und hielt mich zurück und drückte mich rückwärts
Wieder zum Fenster hinaus und zog am Holze; der Laden
Schlug und klappte, das fuhr dem Wolf in die Glieder und schreckt' ihn;
Zitternd plumpt' er hinab vom schmalen Balken zur Erde.
Und erschrocken erwachten die Leute, sie schliefen am Feuer.
Sagt, was fiel zum Fenster herein? so riefen sie alle,
Rafften behende sich auf, und eilig brannte die Lampe.
In der Ecke fanden sie ihn und schlugen und gerbten
Ihm gewaltig das Fell; mich wundert, wie er entkommen.

Weiter bekenn ich vor Euch, daß ich Frau Gieremund heimlich
Öfters besucht und öffentlich auch. Das hätte nun freilich
Unterbleiben sollen, o wär es niemals geschehen!
Denn solange sie lebt, verwindet sie schwerlich die Schande.

Alles hab ich Euch jetzt gebeichtet, dessen ich irgend
Mich zu erinnern vermag, was meine Seele beschweret.
Sprechet mich los! ich bitte darum; ich werde mit Demut
Jede Buße vollbringen, die schwerste, die Ihr mir auflegt.

Grimbart wußte sich schon in solchen Fällen zu nehmen,
Brach ein Reischen am Wege, dann sprach er: Oheim, nun schlagt Euch
Dreimal über den Rücken mit diesem Reischen und legt es,
Wie ichs Euch zeige, zur Erde und springet dreimal darüber;
Dann mit Sanftmut küsset das Reis und zeigt Euch gehorsam.
Solche Buße leg ich Euch auf und spreche von allen
Sünden und allen Strafen Euch los und ledig, vergeb Euch
Alles im Namen des Herrn, soviel Ihr immer begangen.

Und als Reineke nun die Buße willig vollendet,
Sagte Grimbart: Lasset an guten Werken, mein Oheim,
Eure Besserung spüren und leset Psalmen, besuchet
Fleißig die Kirchen und fastet an rechten gebotenen Tagen;
Wer Euch fraget, dem weiset den Weg, und gebet den Armen
Gern, und schwöret mir zu, das böse Leben zu lassen,
Alles Rauben und Stehlen, Verrat und böse Verführung,
Und so ist es gewiß, daß Ihr zu Gnaden gelanget.
Reineke sprach: So will ich es tun, so sei es geschworen!

Und so war die Beichte vollendet. Da gingen sie weiter
Nach des Königes Hof. Der fromme Grimbart und jener
Kamen durch schwärzliche fette Gebreite; sie sahen ein Kloster
Rechter Hand des Weges. Es dienten geistliche Frauen
Spat und früh dem Herren daselbst und nährten im Hofe
Viele Hühner und Hähne, mit manchem schönen Kapaune,
Welche nach Futter zuweilen sich außer der Mauer zerstreuten.
Reineke pflegte sie oft zu besuchen. Da sagt' er zu Grimbart:
Unser kürzester Weg geht an der Mauer vorüber;
Aber er meinte die Hühner, wie sie im Freien spazierten.
Seinen Beichtiger führt' er dahin, sie nahten den Hühnern;
Da verdrehte der Schalk die gierigen Augen im Kopfe.
Ja, vor allen gefiel ihm ein Hahn, der jung und gemästet
Hinter den andern spazierte, den faßt' er treulich ins Auge,
Hastig sprang er hinter ihm drein; es stoben die Federn.

Aber Grimbart, entrüstet, verwies ihm den schändlichen Rückfall.
Handelt Ihr so? unseliger Oheim, und wollt Ihr schon wieder
Um ein Huhn in Sünde geraten, nachdem Ihr gebeichtet?
Schöne Reue heiß ich mir das! Und Reineke sagte:
Hab ich es doch in Gedanken getan! O teuerster Oheim,
Bittet zu Gott, er möge die Sünde mir gnädig vergeben.

Nimmer tu ich es wieder und laß es gerne. Sie kamen
Um das Kloster herum in ihre Straße, sie mußten
Über ein schmales Brückchen hinüber, und Reineke blickte
Wieder nach den Hühnern zurück; er zwang sich vergebens.
Hätte jemand das Haupt ihm abgeschlagen, es wäre
Nach den Hühnern geflogen; so heftig war die Begierde.

Grimbart sah es und rief: Wo laßt Ihr, Neffe, die Augen
Wieder spazieren? Fürwahr, Ihr seid ein häßlicher Vielfraß!
Reineke sagte darauf: Das macht Ihr übel, Herr Oheim!
Übereilet Euch nicht und stört nicht meine Gebete;
Laßt ein Paternoster mich sprechen. Die Seelen der Hühner
Und der Gänse bedürfen es wohl, soviel ich den Nonnen,
Diesen heiligen Frauen, durch meine Klugheit entrissen.
Grimbart schwieg, und Reineke Fuchs verwandte das Haupt nicht
Von den Hühnern, solang er sie sah. Doch endlich gelangten
Sie zur rechten Straße zurück und nahten dem Hofe.
Und als Reineke nun die Burg des Königs erblickte,
Ward er innig betrübt; denn heftig war er beschuldigt.

Vierter Gesang

Als man bei Hofe vernahm, es komme Reineke wirklich,
Drängte sich jeder heraus, ihn zu sehn, die Großen und Kleinen,
Wenige freundlich gesinnt, fast alle hatten zu klagen.
Aber Reineken deuchte, das sei von keiner Bedeutung;
Wenigstens stellt' er sich so, da er mit Grimbart, dem Dachse,
Jetzo dreist und zierlich die hohe Straße daherging.

Mutig kam er heran und gelassen, als wär er des Königs
Eigener Sohn und frei und ledig von allen Gebrechen.
Ja, so trat er vor Nobel, den König, und stand im Palaste
Mitten unter den Herren; er wußte sich ruhig zu stellen.

Edler König, gnädiger Herr! begann er zu sprechen:
Edel seid Ihr und groß, von Ehren und Würden der Erste;

Darum bitt ich von Euch, mich heute rechtlich zu hören.
Keinen treueren Diener hat Eure fürstliche Gnade
Je gefunden als mich, das darf ich kühnlich behaupten.
Viele weiß ich am Hofe, die mich darüber verfolgen.
Eure Freundschaft würd ich verlieren, woferne die Lügen
Meiner Feinde, wie sie es wünschen, Euch glaublich erschienen;
Aber glücklicherweise bedenkt Ihr jeglichen Vortrag,
Hört den Beklagten so gut als den Kläger; und haben sie vieles
Mir im Rücken gelogen, so bleib ich ruhig und denke:
Meine Treue kennt Ihr genug, sie bringt mir Verfolgung.

Schweiget! versetzte der König: es hilft kein Schwätzen und Schmeicheln,
Euer Frevel ist laut, und Euch erwartet die Strafe.
Habt Ihr den Frieden gehalten, den ich den Tieren geboten?
Den ich geschworen? Da steht der Hahn! Ihr habt ihm die Kinder,
Falscher, leidiger Dieb! eins nach dem andern entrissen.
Und wie lieb Ihr mich habt, das wollt Ihr, glaub ich, beweisen,
Wenn Ihr mein Ansehn schmäht und meine Diener beschädigt.
Seine Gesundheit verlor der arme Hinze! Wie langsam
Wird der verwundete Braun von seinen Schmerzen genesen!
Aber ich schelt Euch nicht weiter. Denn hier sind Kläger die Menge,
Viele bewiesene Taten. Ihr möchtet schwerlich entkommen.

Bin ich, gnädiger Herr, deswegen strafbar? versetzte
Reineke: kann ich davor, wenn Braun mit blutiger Platte
Wieder zurückkehrt? Wagt' er sich doch und wollte vermessen
Rüsteviels Honig verzehren; und kamen die tölpischen Bauern
Ihm zu Leibe, so ist er ja stark und mächtig an Gliedern;
Schlugen und schimpften sie ihn, eh er ins Wasser gekommen,
Hätt er als rüstiger Mann die Schande billig gerochen.
Und wenn Hinze, der Kater, den ich mit Ehren empfangen,
Nach Vermögen bewirtet, sich nicht vom Stehlen enthalten,
In die Wohnung des Pfaffen, so sehr ich ihn treulich verwarnte,

Sich bei Nacht geschlichen und dort was Übels erfahren:
Hab ich Strafe verdient, weil jene töricht gehandelt?
Eurer fürstlichen Krone geschähe das wahrlich zu nahe!
Doch Ihr möget mit mir nach Eurem Willen verfahren
Und, so klar auch die Sache sich zeigt, beliebig verfügen:
Mag es zum Nutzen, mag es zum Schaden auch immer gereichen.
Soll ich gesotten, gebraten, geblendet oder gehangen
Werden oder geköpft, so mag es eben geschehen!
Alle sind wir in Eurer Gewalt, Ihr habt uns in Händen.
Mächtig seid Ihr und stark, was widerstünde der Schwache?
Wollt Ihr mich töten, das würde fürwahr ein geringer Gewinn sein.
Doch es komme, was will; ich stehe redlich zu Rechte.

Da begann der Widder Bellyn: Die Zeit ist gekommen,
Laßt uns klagen! Und Isegrim kam mit seinen Verwandten,
Hinze, der Kater, und Braun, der Bär, und Tiere zu Scharen.
Auch der Esel Boldewyn kam und Lampe, der Hase,
Wackerlos kam, das Hündchen, und Ryn, die Dogge, die Ziege
Metke, Hermen, der Bock, dazu das Eichhorn, die Wiesel
Und das Hermelin. Auch waren der Ochs und das Pferd nicht
Außen geblieben; daneben ersah man die Tiere der Wildnis,
Als den Hirsch und das Reh und Bokert, den Biber, den Marder,
Das Kaninchen, den Eber, und alle drängten einander.
Bartolt, der Storch, und Markart, der Häher, und Lütke, der Kranich,
Flogen herüber; es meldeten sich auch Tybbke, die Ente,
Alheid, die Gans, und andere mehr mit ihren Beschwerden.
Henning, der traurige Hahn, mit seinen wenigen Kindern
Klagte heftig; es kamen herbei unzählige Vögel
Und der Tiere so viel, wer wüßte die Menge zu nennen!
Alle gingen dem Fuchs zu Leibe, sie hofften, die Frevel
Nun zur Sprache zu bringen und seine Strafe zu sehen.
Vor den König drängten sie sich mit heftigen Reden,

Häuften Klagen auf Klagen, und alt und neue Geschichten
Brachten sie vor. Man hatte noch nie an Einem Gerichtstag
Vor des Königes Thron so viele Beschwerden gehöret.
Reineke stand und wußte darauf gar künstlich zu dienen:
Denn ergriff er das Wort, so floß die zierliche Rede
Seiner Entschuldigung her, als wär es lautere Wahrheit;
Alles wußt er beiseite zu lehnen und alles zu stellen.
Hörte man ihn, man wunderte sich und glaubt' ihn entschuldigt,
Ja, er hatte noch übriges Recht und vieles zu klagen.
Aber es standen zuletzt wahrhaftig redliche Männer
Gegen Reineken auf, die wider ihn zeugten, und alle
Seine Frevel fanden sich klar. Nun war es geschehen!
Denn im Rate des Königs mit Einer Stimme beschloß man:
Reineke Fuchs sei schuldig des Todes! So soll man ihn fahen,
Soll ihn binden und hängen an seinem Halse, damit er
Seine schweren Verbrechen mit schmählichem Tode verbüße.

Jetzt gab Reineke selbst das Spiel verloren; es hatten
Seine klugen Worte nur wenig geholfen. Der König
Sprach das Urteil selber. Da schwebte dem losen Verbrecher,
Als sie ihn fingen und banden, sein klägliches Ende vor Augen.

Wie nun nach Urteil und Recht gebunden Reineke dastand,
Seine Feinde sich regten, zum Tod ihn eilend zu führen,
Standen die Freunde betroffen und waren schmerzlich bekümmert,
Martin, der Affe, mit Grimbart und vielen aus Reinekens Sippschaft.
Ungern hörten sie an das Urteil und trauerten alle
Mehr, als man dächte. Denn Reineke war der ersten Baronen
Einer und stand nun entsetzt von allen Ehren und Würden
Und zum schmählichen Tode verdammt. Wie mußte der Anblick
Seine Verwandten empören! Sie nahmen alle zusammen
Urlaub vom Könige, räumten den Hof, so viele sie waren.

Aber dem Könige ward es verdrießlich, daß ihn so viele
Ritter verließen. Es zeigte sich nun die Menge Verwandten,
Die sich, mit Reinekens Tod sehr unzufrieden, entfernten.
Und der König sprach zu einem seiner Vertrauten:
Freilich ist Reineke boshaft, allein man sollte bedenken,
Viele seiner Verwandten sind nicht zu entbehren am Hofe.

Aber Isegrim, Braun und Hinze, der Kater, sie waren
Um den Gebundnen geschäftig, sie wollten die schändliche Strafe,
Wie es der König gebot, an ihrem Feinde vollziehen,
Führten ihn hastig hinaus und sahen den Galgen von ferne.
Da begann der Kater erbost zum Wolfe zu sprechen:
Nun bedenket, Herr Isegrim, wohl, wie Reineke damals
Alles tat und betrieb, wie seinem Hasse gelungen,
Euren Bruder am Galgen zu sehn. Wie zog er so fröhlich
Mit ihm hinaus! Versäumet ihm nicht die Schuld zu bezahlen.
Und gedenket, Herr Braun, er hat Euch schändlich verraten,
Euch in Rüsteviels Hofe dem groben, zornigen Volke,

Männern und Weibern, treulos geliefert und Schlägen und Wunden
Und der Schande dazu, die allerorten bekannt ist.
Habet acht und haltet zusammen! Entkäm er uns heute,
Könnte sein Witz ihn befrein und seine listigen Ränke,
Niemals würd uns die Stunde der süßen Rache beschert sein.
Laßt uns eilen und rächen, was er an allen verschuldet!

Isegrim sprach: Was helfen die Worte? Geschwinde verschafft mir
Einen tüchtigen Strick; wir wollen die Qual ihm verkürzen.
Also sprachen sie wider den Fuchs und zogen die Straße.

Aber Reineke hörte sie schweigend; doch endlich begann er:
Da ihr so grausam mich haßt und tödliche Rache begehret,
Wisset ihr doch kein Ende zu finden! Wie muß ich mich wundern!
Hinze wüßte wohl Rat zu einem tüchtigen Stricke:
Denn er hat ihn geprüft, als in des Pfaffen Behausung
Er sich nach Mäusen hinabließ und nicht mit Ehren davonkam.
Aber Isegrim, Ihr, und Braun, ihr eilt ja gewaltig,
Euren Oheim zum Tode zu bringen; ihr meint, es gelänge.

Und der König erhob sich mit allen Herren des Hofes,
Um das Urteil vollstrecken zu sehn; es schloß an den Zug sich
Auch die Königin an, von ihren Frauen begleitet;
Hinter ihnen strömte die Menge der Armen und Reichen,
Alle wünschten Reinekens Tod und wollten ihn sehen.
Isegrim sprach indes mit seinen Verwandten und Freunden
Und ermahnete sie, ja, fest aneinander geschlossen,
Auf den gebundenen Fuchs ein wachsam Auge zu haben;
Denn sie fürchteten immer, es möchte der Kluge sich retten.
Seinem Weibe befahl der Wolf besonders: Bei deinem
Leben! siehe mir zu und hilf den Bösewicht halten!
Käm er los, wir würden es alle gar schmählich empfinden.

Und zu Braunen sagt' er: Gedenket, wie er Euch höhnte;
Alles könnt Ihr ihm nun mit reichlichen Zinsen bezahlen.
Hinze klettert und soll uns den Strick da oben befesten;
Haltet ihn und stehet mir bei, ich rücke die Leiter,
Wenig Minuten, so solls um diesen Schelmen getan sein!
Braun versetzte: Stellt nur die Leiter, ich will ihn schon halten.

Seht doch! sagte Reineke drauf: wie seid ihr geschäftig,
Euren Oheim zum Tode zu bringen! Ihr solltet ihn eher
Schützen und schirmen und, wär er in Not, euch seiner erbarmen.
Gerne bät ich um Gnade, allein was könnt es mir helfen?
Isegrim haßt mich zu sehr, ja seinem Weibe gebeut er,
Mich zu halten und mir den Weg zur Flucht zu vertreten.
Dächte sie voriger Zeiten, sie könnte mir wahrlich nicht schaden.
Aber soll es nun über mich gehn, so wollt ich, es wäre
Bald getan. So kam auch mein Vater in schreckliche Nöten,
Doch am Ende ging es geschwind. Es begleiteten freilich
Nicht so viele den sterbenden Mann. Doch wolltet ihr länger
Mich verschonen, es müßt euch gewiß zur Schande gereichen.
Hört ihr, sagte der Bär, wie trotzig der Bösewicht redet?
Immer, immer hinauf! es ist sein Ende gekommen.

Ängstlich dachte Reineke nun: O möcht ich in diesen
Großen Nöten geschwind was glücklich Neues ersinnen,
Daß der König mir gnädig das Leben schenkte und diese
Grimmigen Feinde, die drei, in Schaden und Schande gerieten!
Laßt uns alles bedenken, und helfe, was helfen kann! denn hier
Gilt es den Hals, die Not ist dringend, wie soll ich entkommen?
Alles Übel häuft sich auf mich. Es zürnet der König,
Meine Freunde sind fort und meine Feinde gewaltig;
Selten hab ich was Gutes getan, die Stärke des Königs,
Seiner Räte Verstand wahrhaftig wenig geachtet;

Vieles hab ich verschuldet und hoffte dennoch, mein Unglück
Wieder zu wenden. Gelänge mirs nur, zum Worte zu kommen,
Wahrlich, sie hingen mich nicht; ich lasse die Hoffnung nicht fahren.

Und er wandte darauf sich von der Leiter zum Volke,
Rief: Ich sehe den Tod vor meinen Augen und werd ihm
Nicht entgehen. Nur bitt ich euch alle, so viele mich hören,
Um ein weniges nur, bevor ich die Erde verlasse.

Gerne möcht ich vor euch in aller Wahrheit die Beichte
Noch zum letztenmal öffentlich sprechen und redlich bekennen
Alles Übel, das ich getan, damit nicht ein andrer
Etwa dieses und jenes von mir im stillen begangnen,
Unbekannten Verbrechens dereinst bezichtiget werde;
So verhüt ich zuletzt noch manches Übel, und hoffen
Kann ich, es werde mirs Gott in allen Gnaden gedenken.

Viele jammerte das. Sie sprachen untereinander:
Klein ist die Bitte, gering nur die Frist! Sie baten den König,
Und der König vergönnt' es. Da wurd es Reineken wieder
Etwas leichter ums Herz, er hoffte glücklichen Ausgang;
Gleich benutzt' er den Raum, der ihm gegönnt war, und sagte:

Spiritus Domini helfe mir nun! Ich sehe nicht Einen
Unter der großen Versammlung, den ich nicht irgend beschädigt.
Erst, ich war noch ein kleiner Kompan und hatte die Brüste
Kaum zu saugen verlernt, da folgt ich meinen Begierden
Unter die jungen Lämmer und Ziegen, die neben der Herde
Sich im Freien zerstreuten; ich hörte die blökenden Stimmen
Gar zu gerne, da lüstete mich nach leckerer Speise,
Lernte hurtig sie kennen. Ein Lämmchen biß ich zu Tode,
Leckte das Blut, es schmeckte mir köstlich! und tötete weiter
Vier der jüngsten Ziegen und aß sie, und übte mich ferner;
Sparte keine Vögel, noch Hühner, noch Enten, noch Gänse,
Wo ich sie fand, und habe gar manches im Sande vergraben,
Was ich geschlachtet und was mir nicht alles zu essen beliebte.

Dann begegnet' es mir: in einem Winter am Rheine
Lernt ich Isegrim kennen, er lauerte hinter den Bäumen.
Gleich versichert' er mir, ich sei aus seinem Geschlechte,
Ja, er wußte mir gar die Grade der Sippschaft am Finger

Vorzurechnen. Ich ließ mirs gefallen; wir schlossen ein Bündnis
Und gelobten einander, als treue Gesellen zu wandern,
Leider sollt ich dadurch mir manches Übel bereiten.
Wir durchstrichen zusammen das Land. Da stahl er das Große,
Stahl ich das Kleine. Was wir gewonnen, das sollte gemein sein;
Aber es war nicht gemein, wie billig: er teilte nach Willkür;
Niemals empfing ich die Hälfte. Ja, Schlimmeres hab ich erfahren.
Wenn er ein Kalb sich geraubt, sich einen Widder erbeutet,
Wenn ich im Überfluß sitzen ihn fand, er eben die Ziege,
Frisch geschlachtet, verzehrte, ein Bock ihm unter den Klauen
Lag und zappelte, grinst' er mich an und stellte sich grämlich,
Trieb mich knurrend hinweg: so war mein Teil ihm geblieben.
Immer ging es mir so, es mochte der Braten so groß sein,
Als er wollte. Ja, wenn es geschah, daß wir in Gesellschaft
Einen Ochsen gefangen, wir eine Kuh uns gewonnen,
Gleich erschienen sein Weib und sieben Kinder und warfen
Über die Beute sich her und drängten mich hinter die Mahlzeit.

Keine Rippe konnt ich erlangen, sie wäre denn gänzlich
Glatt und trocken genagt; das sollte mir alles gefallen!
Aber, Gott sei gedankt, ich litt deswegen nicht Hunger;
Heimlich nährt ich mich wohl von meinem herrlichen Schatze,
Von dem Silber und Golde, das ich an sicherer Stätte
Heimlich verwahre; des hab ich genug. Es schafft mir wahrhaftig
Ihn kein Wagen hinweg, und wenn er siebenmal führe.

Und es horchte der König, da von dem Schatze gesagt ward,
Neigte sich vor und sprach: Von wannen ist er Euch kommen?
Saget an! ich meine den Schatz. Und Reineke sagte:
Dieses Geheimnis verhehl' ich Euch nicht, was könnt es mir helfen?
Denn ich nehme nichts mit von diesen köstlichen Dingen.
Aber wie Ihr befehlt, will ich Euch alles erzählen,
Denn es muß nun einmal heraus; um Liebes und Leides
Möcht' ich wahrhaftig das große Geheimnis nicht länger verhehlen:
Denn der Schatz war gestohlen. Es hatten sich viele verschworen,
Euch, Herr König, zu morden, und wurde zur selbigen Stunde
Nicht der Schatz mit Klugheit entwendet, so war es geschehen.

Merket es, gnädiger Herr! denn Euer Leben und Wohlfahrt
Hing an dem Schatz. Und daß man ihn stahl, das brachte denn leider
Meinen eigenen Vater in große Nöten, es bracht ihn
Frühe zur traurigen Fahrt, vielleicht zu ewigem Schaden;
Aber, gnädiger Herr, zu Eurem Nutzen geschah es!

Und die Königin hörte bestürzt die gräßliche Rede,
Das verworrne Geheimnis von ihres Gemahles Ermordung,
Von dem Verrat, vom Schatz, und was er alles gesprochen.
Ich vermahn Euch, Reineke, rief sie: bedenket! Die lange
Heimfahrt steht Euch bevor, entladet reuig die Seele;
Saget die lautere Wahrheit und redet mir deutlich vom Morde.
Und der König setzte hinzu: Ein jeglicher schweige!
Reineke komme nun wieder herab und trete mir näher;
Denn es betrifft die Sache mich selbst, damit ich sie höre.

Reineke, der es vernahm, stand wieder getröstet, die Leiter
Stieg er zum großen Verdruß der Feindlichgesinnten herunter;

Und er nahte sich gleich dem König und seiner Gemahlin,
Die ihn eifrig befragten, wie diese Geschichte begegnet.

Da bereitet' er sich zu neuen gewaltigen Lügen.
Könnt ich des Königes Huld und seiner Gemahlin, so dacht er,
Wiedergewinnen, und könnte zugleich die List mir gelingen,

Daß ich die Feinde, die mich dem Tod entgegengeführet,
Selbst verdürbe, das rettete mich aus allen Gefahren.
Sicher wäre mir das ein unerwarteter Vorteil;
Aber ich sehe schon, Lügen bedarf es, und über die Maßen.

Ungeduldig befragte die Königin Reineken weiter:
Lasset uns deutlich vernehmen, wie diese Sache beschaffen!
Saget die Wahrheit, bedenkt das Gewissen, entladet die Seele!
Reineke sagte darauf: Ich will Euch gerne berichten.
Sterben muß ich nun wohl; es ist kein Mittel dagegen.
Sollt ich meine Seele beladen am Ende des Lebens,
Ewige Strafe verwirken, es wäre töricht gehandelt.
Besser ist es, daß ich bekenne; und muß ich dann leider
Meine lieben Verwandten und meine Freunde verklagen,
Ach, was kann ich dafür? es drohen die Qualen der Hölle.

Und es war dem Könige schon bei diesen Gesprächen
Schwer geworden ums Herz. Er sagte: Sprichst du die Wahrheit?
Da versetzte Reineke drauf mit verstellter Gebärde:
Freilich bin ich ein sündiger Mensch; doch red ich die Wahrheit.
Könnt es mir nutzen, wenn ich Euch löge? Da würd ich mich selber
Ewig verdammen. Ihr wißt ja nun wohl, so ist es beschlossen:
Sterben muß ich, ich sehe den Tod und werde nicht lügen;
Denn es kann mir nicht Böses noch Gutes zur Hilfe gedeihen.
Bebend sagte Reineke das und schien zu verzagen.

Und die Königin sprach: Mich jammert seine Beklemmung!
Sehet ihn gnadenreich an, ich bitt Euch, mein Herr! und erwäget:
Manches Unheil wenden wir ab nach seinem Bekenntnis.
Laßt uns je eher je lieber den Grund der Geschichte vernehmen.
Heißet jeglichen schweigen und laßt ihn öffentlich sprechen.

Und der König gebot, da schwieg die ganze Versammlung.
Aber Reineke sprach: Beliebt es Euch, gnädiger König,
So vernehmet, was ich Euch sage. Geschieht auch mein Vortrag
Ohne Brief und Papier, so soll er doch treu und genau sein;
Ihr erfahrt die Verschwörung, und niemands denk ich zu schonen.

Fünfter Gesang

Nun vernehmet die List, und wie der Fuchs sich gewendet,
Seine Frevel wieder zu decken und andern zu schaden.
Bodenlose Lügen ersann er, beschimpfte den Vater
Jenseit der Grube, beschwerte den Dachs mit großer Verleumdung,
Seinen redlichsten Freund, der ihm beständig gedienet.
So erlaubt' er sich alles, damit er seiner Erzählung
Glauben schaffte, damit er an seinen Verklägern sich rächte.

Mein Herr Vater, sagt' er darauf, war so glücklich gewesen,
König Emmrichs, des Mächtigen, Schatz auf verborgenen Wegen
Einst zu entdecken; doch bracht ihm der Fund gar wenigen Nutzen.
Denn er überhub sich des großen Vermögens und schätzte
Seinesgleichen von nun an nicht mehr, und seine Gesellen
Achtet' er viel zu gering: er suchte sich höhere Freunde.
Hinze, den Kater, sendet' er ab in die wilden Ardennen,
Braun, den Bären, zu suchen, dem sollt er Treue versprechen,
Sollt ihn laden, nach Flandern zu kommen und König zu werden.

Als nun Braun das Schreiben gelesen, erfreut' es ihn herzlich;
Unverdrossen und kühn begab er sich eilig nach Flandern,
Denn er hatte schon lange so was in Gedanken getragen.
Meinen Vater fand er daselbst, der sah ihn mit Freuden,
Sendete gleich nach Isegrim aus und nach Grimbart, dem Weisen,
Und die vier verhandelten dann die Sache zusammen;
Doch der fünfte dabei war Hinze, der Kater. Ein Dörfchen
Liegt allda, wird Ifte genannt, und grade da war es,
Zwischen Ifte und Gent, wo sie zusammen gehandelt.
Eine lange, düstere Nacht verbarg die Versammlung;
Nicht mit Gott! es hatte der Teufel, es hatte mein Vater
Sie in seiner Gewalt mit seinem leidigen Golde.

Sie beschlossen des Königes Tod, beschwuren zusammen
Festen, ewigen Bund, und also schwuren die fünfe
Sämtlich auf Isegrims Haupt: sie wollten Braunen, den Bären,
Sich zum Könige wählen und auf dem Stuhle zu Aachen
Mit der goldenen Krone das Reich ihm festlich versichern.
Wollte nun auch von des Königes Freunden und seinen Verwandten

Jemand dagegen sich setzen, den sollte mein Vater bereden
Oder bestechen, und ginge das nicht, sogleich ihn verjagen.
Das bekam ich zu wissen: denn Grimbart hatte sich einmal
Morgens lustig getrunken und war gesprächig geworden;
Seinem Weibe verschwätzte der Tor die Heimlichkeit alle,
Legte Schweigen ihr auf; da, glaubt' er, wäre geholfen.
Sie begegnete drauf bald meinem Weibe, die mußt ihr
Der drei Könige Namen zum feierlichen Gelübde

Nennen, Ehr und Treue verpfänden, um Liebes und Leides
Niemand ein Wörtchen zu sagen, und so entdeckt' sie ihr alles.
Ebensowenig hat auch mein Weib das Versprechen gehalten:
Denn sobald sie mich fand, erzählte sie, was sie vernommen,
Gab mir ein Merkmal dazu, woran ich die Wahrheit der Rede
Leicht erkennte; doch war mir dadurch nur schlimmer geschehen.
Ich erinnerte mich der Frösche, deren Gequake
Bis zu den Ohren des Herrn im Himmel endlich gelangte.
Einen König wollten sie haben und wollten im Zwange
Leben, nachdem sie der Freiheit in allen Landen genossen.
Da erhörte sie Gott und sandte den Storch, der beständig
Sie verfolget und haßt und keinen Frieden gewähret.
Ohne Gnade behandelt er sie; nun klagen die Toren,
Aber leider zu spät: denn nun bezwingt sie der König.

Reineke redete laut zur ganzen Versammlung, es hörten
Alle Tiere sein Wort, und so verfolgt' er die Rede:
Seht, für alle fürchtet ich das. So wär es geworden.
Herr, ich sorgte für Euch und hoffte beßre Belohnung.
Braunens Ränke sind mir bekannt, sein tückisches Wesen,
Manche Missetat auch von ihm; ich besorgte das Schlimmste.
Würd er Herr, so wären wir alle zusammen verdorben.
Unser König ist edel geboren und mächtig und gnädig,
Dacht ich im stillen bei mir: es wär ein trauriger Wechsel,
Einen Bären und tölpischen Taugenicht so zu erhöhen.
Etliche Wochen sann ich darüber und sucht es zu hindern.

Auch vor allem begriff ich es wohl: behielte mein Vater
Seinen Schatz in der Hand, so brächt er viele zusammen,
Sicher gewänn er das Spiel, und wir verlören den König.
Meine Sorge ging nun dahin, den Ort zu entdecken,
Wo der Schatz sich befände, damit ich ihn heimlich entführte.

Zog mein Vater ins Feld, der alte, listige, lief er
Nach dem Walde bei Tag oder Nacht, in Frost oder Hitze,
Näss' oder Trockne, so war ich dahinter und spürte den Gang aus.

Einmal lag ich versteckt in der Erde mit Sorgen und Sinnen,
Wie ich entdeckte den Schatz, von dem mir so vieles bekannt war.

Da erblickt ich den Vater aus einer Ritze sich schleichen,
Zwischen den Steinen kam er hervor und stieg aus der Tiefe.
Still und verborgen hielt ich mich da; er glaubte sich einsam,
Schaute sich überall um, und als er niemand bemerkte
Nah oder fern, begann er sein Spiel, Ihr sollt es vernehmen.
Wieder mit Sande verstopft' er das Loch und wußte geschicklich
Mit dem übrigen Boden es gleichzumachen. Das konnte,
Wer nicht zusah, unmöglich erkennen. Und eh er von dannen
Wanderte, wußt er den Platz, wo seine Füße gestanden,
Über und über geschickt mit seinem Schwanze zu streichen
Und verwühlte die Spur mit seinem Munde. Das lernt ich
Jenes Tages zuerst von meinem listigen Vater,
Der in Ränken und Schwänken und allen Streichen gewandt war.
Und so eilt' er hinweg nach seinem Gewerbe. Da sann ich,

Ob sich der herrliche Schatz wohl in der Nähe befände?
Eilig trat ich herbei und schritt zum Werke; die Ritze
Hatt ich in weniger Zeit mit meinen Pfoten eröffnet,
Kroch begierig hinein. Da fand ich köstliche Sachen,
Feinen Silbers genug und roten Goldes! Wahrhaftig,
Auch der Älteste hier hat nie so vieles gesehen.
Und ich machte mich dran mit meinem Weibe: wir trugen,
Schleppten bei Tag und bei Nacht; uns fehlten Karren und Wagen,
Viele Mühe kostet' es uns und manche Beschwernis.
Treulich hielt Frau Ermelyn aus; so hatten wir endlich
Die Kleinode hinweg zu einer Stätte getragen,
Die uns gelegener schien. Indessen hielt sich mein Vater
Täglich mit jenen zusammen, die unsern König verrieten.
Was sie beschlossen, das werdet Ihr hören und werdet erschrecken.

Braun und Isegrim sandten sofort in manche Provinzen
Offene Briefe, die Söldner zu locken: sie sollten zu Haufen
Eilig kommen, es wolle sie Braun mit Diensten versehen,

Milde woll er sogar voraus die Söldner bezahlen.
Da durchstrich mein Vater die Länder und zeigte die Briefe,
Seines Schatzes gewiß: der, glaubt' er, läge geborgen.
Aber es war nun geschehn, er hätte mit allen Gesellen,
Sucht' er auch noch so genau, nicht einen Pfennig gefunden.

Keine Bemühung ließ er sich reun; so war er behende
Zwischen der Elb und dem Rheine durch alle Länder gelaufen,
Manchen Söldner hatt er gefunden und manchen gewonnen,
Kräftigen Nachdruck sollte das Geld den Worten verleihen.

Endlich kam der Sommer ins Land; zu seinen Gesellen
Kehrte mein Vater zurück. Da hatt er von Sorgen und Nöten
Und von Angst zu erzählen, besonders, wie er beinahe
Vor den hohen Burgen in Sachsen sein Leben verloren,
Wo ihn Jäger mit Pferden und Hunden alltäglich verfolgten,
Daß er knapp und mit Not mit heilem Pelze davonkam.

Freudig zeigt' er darauf den vier Verrätern die Liste,
Welche Gesellen er alle mit Gold und Versprechen gewonnen.
Braunen erfreute die Botschaft; es lasen die fünfe zusammen,
Und es hieß: Zwölfhundert von Isegrims kühnen Verwandten
Werden kommen mit offenen Mäulern und spitzigen Zähnen,

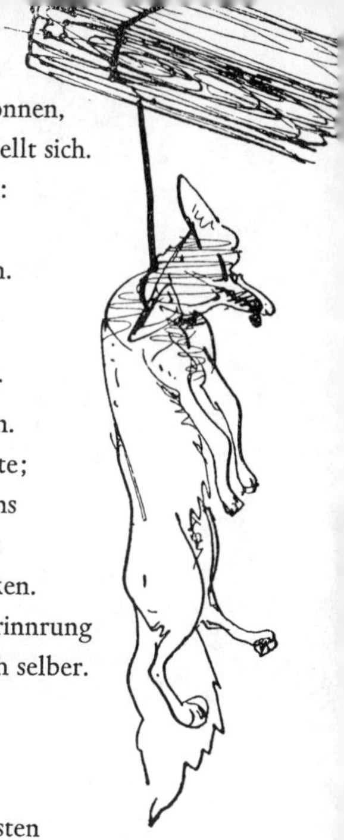

Ferner: die Kater und Bären sind alle für Braunen gewonnen,
Jeder Vielfraß und Dachs aus Sachsen und Thüringen stellt sich.
Doch man solle sich ihnen zu der Bedingung verbinden:
Einen Monat des Soldes vorauszuzahlen; sie wollten
Alle dagegen mit Macht beim ersten Gebote sich stellen.
Gott sei ewig gedankt, daß ich die Plane gehindert!

Denn nachdem er nun alles besorgt, so eilte mein Vater
Über Feld und wollte den Schatz auch wieder beschauen.
Da ging erst die Bekümmernis an: da grub er und suchte;
Doch je länger er scharrte, je weniger fand er. Vergebens
War die Mühe, die er sich gab, und seine Verzweiflung:
Denn der Schatz war fort, er konnt ihn nirgend entdecken.
Und vor Ärger und Scham – wie schrecklich quält die Erinnrung
Mich bei Tag und bei Nacht! – erhängte mein Vater sich selber.

Alles das hab ich getan, die böse Tat zu verhindern.
Übel gerät es mir nun; jedoch es soll mich nicht reuen.
Isegrim aber und Braun, die gefräßigen, sitzen am nächsten
Bei dem König zu Rat. Und Reineke! wie dir dagegen,
Armer Mann, jetzt gedankt wird! daß du den leiblichen Vater
Hingegeben, den König zu retten. Wo sind sie zu finden,
Die sich selber verderben, nur Euch das Leben zu fristen?

König und Königin hatten indes, den Schatz zu gewinnen,
Große Begierde gefühlt; sie traten seitwärts und riefen
Reineken, ihn besonders zu sprechen, und fragten behende:
Saget an, wo habt Ihr den Schatz? Wir möchten es wissen.
Reineke ließ sich dagegen vernehmen: Was könnt es mir helfen,
Zeigt ich die herrlichen Güter dem Könige, der mich verurteilt?
Glaubet er meinen Feinden doch mehr, den Dieben und Mördern,
Die Euch mit Lügen beschweren, mein Leben mir abzugewinnen.

Nein, versetzte die Königin: nein! so soll es nicht werden!
Leben läßt Euch mein Herr, und das Vergangne vergißt er.
Er bezwingt sich und zürnet nicht mehr. Doch möget Ihr künftig
Klüger handeln und treu und gewärtig dem Könige bleiben.

Reineke sagte: Gnädige Frau, vermöget den König,
Mir zu geloben vor Euch, daß er mich wieder begnadigt,
Daß er mir alle Verbrechen und Schulden und alle den Unmut,
Den ich ihm leider erregt, auf keine Weise gedenket,
So besitzet gewiß in unsern Zeiten kein König
Solchen Reichtum, als er durch meine Treue gewinnet;
Groß ist der Schatz! ich zeige den Ort, Ihr werdet erstaunen.

Glaubet ihm nicht! versetzte der König: doch wenn er von Stehlen,
Lügen und Rauben erzählt, das möget Ihr allenfalls glauben;
Denn ein größerer Lügner ist wahrlich niemals gewesen.

Und die Königin sprach: Fürwahr, sein bisheriges Leben
Hat ihm wenig Vertrauen erworben; doch jetzo bedenket,
Seinen Oheim, den Dachs, und seinen eigenen Vater

Hat er diesmal bezichtigt und ihre Frevel verkündigt.
Wollt er, so konnt er sie schonen und konnte von anderen Tieren
Solche Geschichten erzählen; er wird so törig nicht lügen.

Meinet Ihr so? versetzte der König: und denkt Ihr, es wäre
Wirklich zum besten geraten, daß nicht ein größeres Übel
Draus entstünde, so will ich es tun und diese Verbrechen
Reinekens über mich nehmen und seine verwundete Sache.
Einmal trau ich, zum letztenmal noch! das mag er bedenken:
Denn ich schwör es ihm zu bei meiner Krone! wofern er
Künftig frevelt und lügt, es soll ihn ewig gereuen;
Alles, wär es ihm nur verwandt im zehenten Grade,
Wer sie auch wären, sie sollens entgelten, und keiner entgeht mir,
Sollen in Unglück und Schmach und schwere Prozesse geraten!

Als nun Reineke sah, wie schnell sich des Königs Gedanken
Wendeten, faßt' er ein Herz und sagte: Sollt' ich so töricht
Handeln, gnädiger Herr, und Euch Geschichten erzählen,
Deren Wahrheit sich nicht in wenig Tagen bewiese?

Und der König glaubte den Worten, und alles vergab er,
Erst des Vaters Verrat, dann Reinekens eigne Verbrechen.
Über die Maßen freute sich der; zur glücklichen Stunde
War er der Feinde Gewalt und seinem Verhängnis entronnen.

Edler König, gnädiger Herr! begann er zu sprechen:
Möge Gott Euch alles vergelten und Eurer Gemahlin,
Was Ihr an mir Unwürdigem tut; ich will es gedenken,
Und ich werde mich immer gar höchlich dankbar erzeigen.
Denn es lebet gewiß in allen Landen und Reichen
Niemand unter der Sonne, dem ich die herrlichen Schätze
Lieber gönnte, denn eben Euch beiden. Was habt Ihr nicht alles
Mir für Gnade bewiesen! Dagegen geb ich Euch willig
König Emmerichs Schatz, so wie ihn dieser besessen.
Wo er liegt, beschreib ich Euch nun, ich sage die Wahrheit.
Höret! Im Osten von Flandern ist eine Wüste, darinnen
Liegt ein einzelner Busch, heißt Hüsterlo, merket den Namen!
Dann ist ein Brunn, der Krekelborn heißt, Ihr werdet verstehen,
Beide nicht weit auseinander. Es kommt in selbige Gegend
Weder Weib noch Mann im ganzen Jahre. Da wohnet
Nur die Eul und der Schuhu, und dort begrub ich die Schätze.
Krekelborn heißt die Stätte, das merket und nützet das Zeichen.
Gehet selber dahin mit Eurer Gemahlin: es wäre
Niemand sicher genug, um ihn als Boten zu senden,
Und der Schade wäre zu groß; ich darf es nicht raten.
Selber müßt Ihr dahin. Bei Krekelborn geht Ihr vorüber,
Seht zwei junge Birken hernach, und merket! die eine
Steht nicht weit von dem Brunnen; so geht nun, gnädiger König,
Grad auf die Birken los, denn drunter liegen die Schätze.
Kratzt und scharret nur zu; erst findet Ihr Moos an den Wurzeln,
Dann entdeckt Ihr sogleich die allerreichsten Geschmeide,
Golden, künstlich und schön, auch findet Ihr Emmerichs Krone:

Wäre des Bären Wille geschehn, der sollte sie tragen.
Manchen Zierat seht Ihr daran und Edelgesteine,
Goldnes Kunstwerk; man macht es nicht mehr, wer wollt es bezahlen?
Sehet Ihr alle das Gut, o gnädiger König, beisammen,
Ja, ich bin es gewiß, Ihr denket meiner in Ehren.
Reineke, redlicher Fuchs! so denkt Ihr, der du so klüglich
Unter das Moos die Schätze gegraben, o mög es dir immer,
Wo du auch sein magst, glücklich ergehn! So sagte der Heuchler.

Und der König versetzte darauf: Ihr müßt mich begleiten,
Denn wie will ich allein die Stelle treffen? Ich habe
Wohl von Aachen gehört, wie auch von Lübeck und Köllen

Und von Paris; doch Hüsterlo hört ich im Leben nicht einmal
Nennen, ebensowenig als Krekelborn; sollt ich nicht fürchten,
Daß du uns wieder belügst und solche Namen erdichtest?

Reineke hörte nicht gern des Königs bedächtige Rede,
Sprach: So weis ich Euch doch nicht fern von hinnen, als hättet

Ihr am Jordan zu suchen. Wie schien' ich Euch jetzo verdächtig?
Nächst, ich bleibe dabei, ist alles in Flandern zu finden.
Laßt uns einige fragen; es mag es ein andrer versichern.
Krekelborn! Hüsterlo! sagt ich, und also heißen die Namen.
Lampen rief er darauf, und Lampe zauderte bebend.
Reineke rief: So kommt nur getrost, der König begehrt Euch,
Will, Ihr sollt bei Eid und bei Pflicht, die Ihr neulich geleistet,
Wahrhaft reden; so zeiget denn an, wofern Ihr es wisset,
Sagt, wo Hüsterlo liegt und Krekelborn? Lasset uns hören.

Lampe sprach: Das kann ich wohl sagen. Es liegt in der Wüste
Krekelborn nahe bei Hüsterlo. Hüsterlo nennen die Leute
Jenen Busch, wo Simonet lange, der Krumme, sich aufhielt,
Falsche Münze zu schlagen mit seinen verwegnen Gesellen.
Vieles hab ich daselbst von Frost und Hunger gelitten,
Wenn ich vor Rynen, dem Hund, in großen Nöten geflüchtet.
Reineke sagte darauf: Ihr könnt Euch unter die andern
Wieder stellen; Ihr habet den König genugsam berichtet.
Und der König sagte zu Reineken: Seid mir zufrieden,
Daß ich hastig gewesen und Eure Worte bezweifelt;
Aber sehet nun zu, mich an die Stelle zu bringen.

Reineke sprach: Wie schätzt ich mich glücklich, geziemt' es mir heute,
Mit dem König zu gehn und ihm nach Flandern zu folgen;
Aber es müßt Euch zur Sünde gereichen. So sehr ich mich schäme,
Muß es heraus, wie gern ich es auch noch länger verschwiege.
Isegrim ließ vor einiger Zeit zum Mönche sich weihen,
Zwar nicht etwa dem Herren zu dienen, er diente dem Magen,
Zehrte das Kloster fast auf; man reicht' ihm für sechse zu essen,
Alles war ihm zuwenig, er klagte mir Hunger und Kummer.
Endlich erbarmet' es mich, als ich ihn mager und krank sah,
Half ihm treulich davon, er ist mein naher Verwandter.
Und nun hab ich darum den Bann des Papstes verschuldet,
Möchte nun ohne Verzug, mit Eurem Wissen und Willen,
Meine Seele beraten und morgen mit Aufgang der Sonne,
Gnad und Ablaß zu suchen, nach Rom mich als Pilger begeben
Und von dannen über das Meer; so werden die Sünden
Alle von mir genommen, und kehr ich wieder nach Hause,
Darf ich mit Ehren neben Euch gehn. Doch tät ich es heute,
Würde jeglicher sagen: Wie treibt es jetzo der König
Wieder mit Reineken, den er vor kurzem zum Tode verurteilt,
Und der über das alles im Bann des Papstes verstrickt ist!
Gnädiger Herr, Ihr seht es wohl ein, wir lassen es lieber.

Wahr, versetzte der König darauf; das konnt ich nicht wissen.
Bist du im Banne, so wär mirs ein Vorwurf, dich mit mir zu führen,
Lampe kann mich oder ein andrer zum Borne begleiten.
Aber, Reineke, daß du vom Banne dich suchst zu befreien,
Find ich nützlich und gut. Ich gebe dir gnädigen Urlaub,
Morgen beizeiten zu gehn; ich will die Wallfahrt nicht hindern.
Denn mir scheint, Ihr wollt Euch bekehren vom Bösen zum Guten.
Gott gesegne den Vorsatz und laß Euch die Reise vollbringen!

Sechster Gesang

So gelangte Reineke wieder zur Gnade des Königs.
Und es trat der König hervor auf erhabene Stätte,
Sprach vom Steine herab und hieß die sämtlichen Tiere
Stille schweigen; sie sollten ins Gras nach Stand und Geburt sich
Niederlassen. Und Reineke stand an der Königin Seite;
Aber der König begann mit großem Bedachte zu sprechen:

Schweiget und höret mich an, zusammen Vögel und Tiere,
Arm' und Reiche, höret mich an, ihr Großen und Kleinen,
Meine Baronen und meine Genossen des Hofes und Hauses!
Reineke steht hier in meiner Gewalt; man dachte vor kurzem,
Ihn zu hängen, doch hat er bei Hofe so manches Geheimnis
Dargetan, daß ich ihm glaube und wohlbedächtlich die Huld ihm
Wieder schenke. So hat auch die Königin, meine Gemahlin,
Sehr gebeten für ihn, so daß ich ihm günstig geworden,
Mich ihm völlig versöhnet und Leib und Leben und Güter
Frei ihm gegeben. Es schützt ihn fortan und schirmt ihn mein Friede;
Nun sei allen zusammen bei Leibesleben geboten:
Reineken sollt ihr überall ehren mit Weib und mit Kindern,
Wo sie euch immer bei Tag oder Nacht hinkünftig begegnen.
Ferner hör ich von Reinekens Dingen nicht weitere Klage;
Hat er Übels getan, so ist es vorüber; er wird sich
Bessern und tut es gewiß. Denn morgen wird er beizeiten
Stab und Ränzel ergreifen, als frommer Pilger nach Rom gehn
Und von dannen über das Meer; auch kommt er nicht wieder,
Bis er vollkommenen Ablaß der sündigen Taten erlangt hat.

Hinze wandte sich drauf zu Braun und Isegrim zornig:
Nun ist Mühe und Arbeit verloren! so rief er; o wär ich
Weit von hier! Ist Reineke wieder zu Gnaden gekommen,

Braucht er jegliche Kunst, uns alle drei zu verderben.
Um ein Auge bin ich gebracht, ich fürchte fürs andre!

Guter Rat ist teuer, versetzte der Braune, das seh ich.
Isegrim sagte dagegen: Das Ding ist seltsam! wir wollen
Grad zum Könige gehn. Er trat verdrießlich mit Braunen
Gleich vor König und Königin auf, sie redeten vieles
Wider Reineken, redeten heftig; da sagte der König:
Hörtet ihrs nicht? Ich hab ihn aufs neue zu Gnaden empfangen.
Zornig sagt' es der König und ließ im Augenblick beide
Fahen, binden und schließen; denn er gedachte der Worte,
Die er von Reineken hatte vernommen, und ihres Verrates.

So veränderte sich in dieser Stunde die Sache
Reinekens völlig. Er machte sich los, und seine Verkläger
Wurden zuschanden; er wußte sogar es tückisch zu lenken,
Daß man dem Bären ein Stück von seinem Felle herabzog,
Fußlang, fußbreit, daß auf die Reise daraus ihm ein Ränzel
Fertig würde; so schien zum Pilger ihm wenig zu fehlen.
Aber die Königin bat er, auch Schuh ihm zu schaffen, und sagte:
Ihr erkennt mich, gnädige Frau, nun einmal für Euren
Pilger; helfet mir nun, daß ich die Reise vollbringe.
Isegrim hat vier tüchtige Schuhe, da wär es wohl billig,
Daß er ein Paar mir davon zu meinem Wege verließe;
Schafft mir sie, gnädige Frau, durch meinen Herren, den König.
Auch entbehrte Frau Gieremund wohl ein Paar von den ihren,
Denn als Hausfrau bleibt sie doch meist in ihrem Gemache.

Diese Forderung fand die Königin billig. Sie können
Jedes wahrlich ein Paar entbehren! sagte sie gnädig.
Reineke dankte darauf und sagte mit freudiger Beugung:
Krieg ich doch nun vier tüchtige Schuhe, da will ich nicht zaudern.
Alles Guten, was ich sofort als Pilger vollbringe,
Werdet Ihr teilhaft gewiß, Ihr und mein gnädiger König.
Auf der Wallfahrt sind wir verpflichtet, für alle zu beten,
Die uns irgend geholfen. Es lohne Gott Euch die Milde!

An den vorderen Füßen verlor Herr Isegrim also
Seine Schuhe bis an die Knorren; desgleichen verschonte
Man Frau Gieremund nicht, sie mußte die hintersten lassen.

So verloren sie beide die Haut und Klauen der Füße,
Lagen erbärmlich mit Braunen zusammen und dachten zu sterben;
Aber der Heuchler hatte die Schuh und das Ränzel gewonnen,
Trat herzu und spottete noch besonders der Wölfin:

Liebe, Gute! sagt' er zu ihr: da sehet, wie zierlich
Eure Schuhe mir stehn, ich hoffe, sie sollen auch dauern.
Manche Mühe gabt Ihr Euch schon zu meinem Verderben,
Aber ich habe mich wieder bemüht; es ist mir gelungen.
Habt Ihr Freude gehabt, so kommt nun endlich die Reihe
Wieder an mich; so pflegt es zu gehn, man weiß sich zu fassen.
Wenn ich nun reise, so kann ich mich täglich der lieben Verwandten
Dankbar erinnern; Ihr habt mir die Schuhe gefällig gegeben,
Und es soll Euch nicht reuen; was ich an Ablaß verdiene,
Teil ich mit Euch, ich hol ihn zu Rom und über dem Meere.

Und Frau Gieremund lag in großen Schmerzen, sie konnte
Fast nicht reden, doch griff sie sich an und sagte mit Seufzen:
Unsre Sünden zu strafen, läßt Gott Euch alles gelingen.
Aber Isegrim lag und schwieg mit Braunen zusammen;
Beide waren elend genug, gebunden, verwundet
Und vom Feinde verspottet. Es fehlte Hinze, der Kater;
Reineke wünschte so sehr, auch ihm das Wasser zu wärmen.

Nun beschäftigte sich der Heuchler am anderen Morgen,
Gleich die Schuhe zu schmieren, die seine Verwandten verloren,
Eilte, dem Könige noch sich vorzustellen, und sagte:
Euer Knecht ist bereit, den heiligen Weg zu betreten;
Eurem Priester werdet Ihr nun in Gnaden befehlen,
Daß er mich segne, damit ich von hinnen mit Zuversicht scheide,
Daß mein Ausgang und Eingang gebenedeit sei! So sprach er.
Und es hatte der König den Widder zu seinem Kaplane;
Alle geistlichen Dinge besorgt' er, es braucht' ihn der König
Auch zum Schreiber, man nennt ihn Bellyn. Da ließ er ihn rufen,
Sagte: Leset sogleich mir etliche heilige Worte
Über Reineken hier, ihn auf die Reise zu segnen,
Die er vorhat; er gehet nach Rom und über das Wasser.
Hänget das Ränzel ihm um und gebt ihm den Stab in die Hände.
Und es erwiderte drauf Bellyn: Herr König, Ihr habet,
Glaub ich, vernommen, daß Reineke noch vom Banne nicht los ist.
Übels würd ich deswegen von meinem Bischof erdulden,
Der es leichtlich erfährt und mich zu strafen Gewalt hat.
Aber ich tue Reineken selbst nichts Grades noch Krummes.
Könnte man freilich die Sache vermitteln, und sollt es kein Vorwurf
Mir beim Bischof, Herrn Ohnegrund, werden, zürnte nicht etwa
Mir darüber der Propst, Herr Losefund, oder der Dechant
Rapiamus, ich segnet ihn gern nach Eurem Befehle.

Und der König versetzte: Was soll das Reimen und Reden?
Viele Worte laßt Ihr uns hören und wenig dahinter.
Leset Ihr über Reineke mir nicht Grades noch Krummes,
Frag ich den Teufel darnach! Was geht mich der Bischof im Dom an?
Reineke macht die Wallfahrt nach Rom, und wollt Ihr das hindern?
Ängstlich kraute Bellyn sich hinter den Ohren; er scheute
Seines Königes Zorn und fing sogleich aus dem Buch an
Über den Pilger zu lesen, doch dieser achtet' es wenig.

Was es mochte, half es denn auch; das kann man sich denken.

Und nun war der Segen gelesen, da gab man ihm weiter
Ränzel und Stab, der Pilger war fertig; so log er die Wallfahrt.
Falsche Tränen liefen dem Schelmen die Wangen herunter
Und benetzten den Bart, als fühlt' er die schmerzlichste Reue.
Freilich schmerzt' es ihn auch, daß er nicht alle zusammen,
Wie sie waren, ins Unglück gebracht und drei nur geschändet.
Doch er stand und bat, sie möchten alle getreulich
Für ihn beten, so gut sie vermöchten. Er machte nun Anstalt
Fortzueilen, er fühlte sich schuldig und hatte zu fürchten.
Reineke, sagte der König: Ihr seid mir so eilig! Warum das? –
Wer was Gutes beginnt, soll niemals weilen, versetzte
Reineke drauf: ich bitt Euch um Urlaub, es ist die gerechte
Stunde gekommen, gnädiger Herr, und lasset mich wandern.
Habet Urlaub! sagte der König, und also gebot er
Sämtlichen Herren des Hofs, dem falschen Pilger ein Stückchen
Weges zu folgen und ihn zu begleiten. Es lagen indessen
Braun und Isegrim, beide gefangen, in Jammer und Schmerzen.

Und so hatte denn Reineke wieder die Liebe des Königs
Völlig gewonnen und ging mit großen Ehren von Hofe,
Schien mit Ränzel und Stab nach dem Heiligen Grabe zu wallen,
Hatt er dort gleich so wenig zu tun, als ein Maibaum in Aachen.
Ganz was anders führt' er im Schilde. Nun war ihm gelungen,
Einen flächsenen Bart und eine wächserne Nase
Seinem König zu drehen; es mußten ihm alle Verkläger
Folgen, da er nun ging, und ihn mit Ehren begleiten.
Und er konnte die Tücke nicht lassen und sagte noch scheidend:
Sorget, gnädiger Herr, daß Euch die beiden Verräter
Nicht entgehen, und haltet sie wohl im Kerker gebunden.
Würden sie frei, sie ließen nicht ab mit schändlichen Werken.
Eurem Leben drohet Gefahr, Herr König, bedenkt es!

Und so ging er dahin mit stillen, frommen Gebärden,
Mit einfältigem Wesen, als wüßt ers eben nicht anders.
Drauf erhub sich der König zurück zu seinem Palaste,
Sämtliche Tiere folgten dahin. Nach seinem Befehle

Hatten sie Reineken erst ein Stückchen Weges begleitet;
Und es hatte der Schelm sich ängstlich und traurig gebärdet,
Daß er manchen gutmütigen Mann zum Mitleid bewegte.
Lampe, der Hase, besonders war sehr bekümmert. Wir sollen,
Lieber Lampe, sagte der Schelm: und sollen wir scheiden?
Möcht es Euch und Bellyn, dem Widder, heute belieben,
Meine Straße mit mir noch ferner zu wandeln! Ihr würdet
Mir durch eure Gesellschaft die größte Wohltat erzeigen.
Ihr seid angenehme Begleiter und redliche Leute,
Jedermann redet nur Gutes von euch, das brächte mir Ehre;
Geistlich seid ihr und heiliger Sitte. Ihr lebet gerade,
Wie ich als Klausner gelebt. Ihr laßt euch mit Kräutern begnügen,
Pfleget mit Laub und Gras den Hunger zu stillen, und fraget
Nie nach Brot oder Fleisch, noch andrer besonderer Speise.
Also konnt er mit Lob der beiden Schwäche betören;
Beide gingen mit ihm zu seiner Wohnung und sahen
Malepartus, die Burg, und Reineke sagte zum Widder:
Bleibet hieraußen, Bellyn, und laßt die Gräser und Kräuter
Nach Belieben Euch schmecken; es bringen diese Gebirge
Manche Gewächse hervor, gesund und guten Geschmackes.
Lampen nehm ich mit mir; doch bittet ihn, daß er mein Weib mir
Trösten möge, die schon sich betrübt; und wird sie vernehmen,
Daß ich nach Rom als Pilger verreise, so wird sie verzweifeln.

Süße Worte brauchte der Fuchs, die zwei zu betrügen.
Lampen führt' er hinein, da fand er die traurige Füchsin
Liegen neben den Kindern, von großer Sorge bezwungen:
Denn sie glaubte nicht mehr, daß Reineke sollte von Hofe
Wiederkehren. Nun sah sie ihn aber mit Ränzel und Stabe;
Wunderbar kam es ihr vor, und sagte: Reinhart, mein Lieber,
Saget mir doch, wie ists Euch gegangen? Was habt Ihr erfahren?
Und er sprach: Schon war ich verurteilt, gefangen, gebunden,
Aber der König bezeigte sich gnädig, befreite mich wieder,
Und ich zog als Pilger hinweg; es blieben zu Bürgen
Braun und Isegrim beide zurück. Dann hat mir der König

Lampen zur Sühne gegeben, und was wir nur wollen, geschieht ihm.
Denn es sagte der König zuletzt mit gutem Bescheide:
Lampe war es, der dich verriet. So hat er wahrhaftig
Große Strafe verdient und soll mir alles entgelten.
Aber Lampe vernahm erschrocken die drohenden Worte,
War verwirrt und wollte sich retten und eilte, zu fliehen.
Reineke schnell vertrat ihm das Tor, es faßte der Mörder
Bei dem Halse den Armen, der laut und gräßlich um Hilfe
Schrie: O helfet, Bellyn! Ich bin verloren! Der Pilger

Bringt mich um! Doch schrie er nicht lange: denn Reineke hatt ihm
Bald die Kehle zerbissen. Und so empfing er den Gastfreund.
Kommt nun, sagt' er, und essen wir schnell, denn fett ist der Hase,
Guten Geschmackes. Er ist wahrhaftig zum erstenmal etwas
Nütze, der alberne Geck; ich hatt es ihm lange geschworen.
Aber nun ist es vorbei, nun mag der Verräter verklagen!

Reineke machte sich dran mit Weib und Kindern, sie pflückten
Eilig dem Hasen das Fell und speisten mit gutem Behagen.
Köstlich schmeckt' es der Füchsin, und einmal über das andre:
Dank sei König und Königin! rief sie: wir haben durch ihre
Gnade das herrliche Mahl, Gott mög es ihnen belohnen!
Esset nur, sagte Reineke, zu! es reichet für diesmal;
Alle werden wir satt, und mehreres denk ich zu holen:
Denn es müssen doch alle zuletzt die Zeche bezahlen,
Die sich an Reineken machen und ihm zu schaden gedenken.

Und Frau Ermelyn sprach: Ich möchte fragen, wie seid Ihr
Los und ledig geworden? – Ich brauchte, sagt' er dagegen,

Viele Stunden, wollt ich erzählen, wie fein ich den König
Umgewendet und ihn und seine Gemahlin betrogen.
Ja, ich leugn es Euch nicht, es ist die Freundschaft nur dünne
Zwischen dem König und mir und wird nicht lange bestehen.
Wenn er die Wahrheit erfährt, er wird sich grimmig entrüsten.
Kriegt er mich wieder in seine Gewalt, nicht Gold und nicht Silber
Könnte mich retten, er folgt mir gewiß und sucht mich zu fangen.
Keine Gnade darf ich erwarten, das weiß ich am besten:
Ungehangen läßt er mich nicht, wir müssen uns retten.

Laßt uns nach Schwaben entfliehn! dort kennt uns niemand; wir halten
Uns nach Landes Weise daselbst. Hilf Himmel! es findet
Süße Speise sich da und alles Guten die Fülle:
Hühner, Gänse, Hasen, Kaninchen und Zucker und Datteln,
Feigen, Rosinen und Vögel von allen Arten und Größen;
Und man bäckt im Lande das Brot mit Butter und Eiern.
Rein und klar ist das Wasser, die Luft ist heiter und lieblich,
Fische gibt es genug, die heißen Gallinen, und andre
Heißen Pullus und Gallus und Anas, wer nennte sie alle?
Das sind Fische nach meinem Geschmack! Da brauch ich nicht eben
Tief ins Wasser zu tauchen; ich habe sie immer gegessen,
Da ich als Klausner mich hielt. Ja, Weibchen, wollen wir endlich
Friede genießen, so müssen wir hin, Ihr müßt mich begleiten.

Nun versteht mich nur wohl! Es ließ mich diesmal der König
Wieder entwischen, weil ich ihm log von seltenen Dingen.
König Emmerichs herrlichen Schatz versprach ich zu liefern;
Den beschrieb ich, er läge bei Krekelborn. Werden sie kommen,
Dort zu suchen, so finden sie leider nicht dieses, noch jenes,
Werden vergeblich im Boden wühlen, und siehet der König
Dergestalt sich betrogen, so wird er schrecklich ergrimmen.
Denn was ich für Lügen ersann, bevor ich entwischte,

Könnt Ihr denken; fürwahr, es ging zunächst an den Kragen!
Niemals war ich in größerer Not, noch schlimmer geängstigt,
Nein! ich wünsche mir solche Gefahr nicht wieder zu sehen.
Kurz, es mag mir begegnen, was will, ich lasse mich niemals
Wieder nach Hofe bereden, um in des Königs Gewalt mich
Wieder zu geben: es brauchte wahrhaftig die größte Gewandtheit,
Meinen Daumen mit Not aus seinem Munde zu bringen.

Und Frau Ermelyn sagte betrübt: Was wollte das werden?
Elend sind wir und fremd in jedem anderen Lande;
Hier ist alles nach unserm Begehren. Ihr bleibet der Meister
Eurer Bauern. Und habt Ihr ein Abenteuer zu wagen
Denn so nötig? Fürwahr, um Ungewisses zu suchen,
Das Gewisse zu lassen, ist weder rätlich noch rühmlich.
Leben wir hier doch sicher genug! Wie stark ist die Feste!
Überzög uns der König mit seinem Heere, belegt' er
Auch die Straße mit Macht, wir haben immer so viele
Seitentore, so viel geheime Wege, wir wollen
Glücklich entkommen. Ihr wißt es ja besser, was soll ich es sagen?
Uns mit Macht und Gewalt in seine Hände zu kriegen,
Viel gehörte dazu. Es macht mir keine Besorgnis.
Aber daß Ihr über das Meer zu gehen geschworen,
Das betrübt mich. Ich fasse mich kaum. Was könnte das werden!

Liebe Frau, bekümmert Euch nicht! versetzte dagegen
Reineke, höret mich an und merket: besser geschworen
Als verloren! So sagte mir einst ein Weiser im Beichtstuhl:
Ein gezwungener Eid bedeute wenig. Das kann mich
Keinen Katzenschwanz hindern! Ich meine den Eid, versteht nur.
Wie Ihr gesagt habt, soll es geschehen. Ich bleibe zu Hause.
Wenig hab ich fürwahr in Rom zu suchen, und hätt ich
Zehen Eide geschworen, so wollt ich Jerusalem nimmer

Sehen; ich bleibe bei Euch und hab es freilich bequemer;
Andrer Orten find ichs nicht besser, als wie ich es habe.
Will mir der König Verdruß bereiten, ich muß es erwarten,
Stark und zu mächtig ist er für mich; doch kann es gelingen,
Daß ich ihn wieder betöre, die bunte Kappe mit Schellen
Über die Ohren ihm schiebe, da soll ers, wenn ichs erlebe,
Schlimmer finden, als er es sucht. Das sei ihm geschworen!

Ungeduldig begann Bellyn am Tore zu schmälen:
Lampe, wollt Ihr nicht fort? So kommt doch! lasset uns gehen!
Reineke hört' es und eilte hinaus und sagte: Mein Lieber,
Lampe bittet Euch sehr, ihm zu vergeben; er freut sich
Drin mit seiner Frau Muhme, das werdet Ihr, sagt er, ihm gönnen.
Gehet sachte voraus. Denn Ermelyn, seine Frau Muhme,
Läßt ihn so bald nicht hinweg; Ihr werdet die Freude nicht stören.

Da versetzte Bellyn: Ich hörte schreien, was war es?
Lampen hört ich, er rief mir: Bellyn, zu Hilfe! zu Hilfe!
Habt Ihr ihm etwas Übles getan? Da sagte der kluge
Reineke: Höret mich recht! Ich sprach von meiner gelobten
Wallfahrt, da wollte mein Weib darüber völlig verzweifeln,
Es befiel sie ein tödlicher Schrecken, sie lag uns in Ohnmacht.

Lampe sah das und fürchtete sich, und in der Verwirrung
Rief er: Helfet, Bellyn! Bellyn! o säumet nicht lange,
Meine Muhme wird mir gewiß nicht wieder lebendig!
So viel weiß ich, sagte Bellyn: er hat ängstlich gerufen.
Nicht ein Härchen ist ihm verletzt, verschwur sich der Falsche;
Lieber möchte mir selbst als Lampen was Böses begegnen.
Hörtet Ihr? sagte Reineke drauf: es bat mich der König
Gestern, käm ich nach Hause, da sollt ich in einigen Briefen
Über wichtige Sachen ihm meine Gedanken vermelden.
Lieber Neffe, nehmet sie mit; ich habe sie fertig.
Schöne Dinge sag ich darin und rat ihm das Klügste.
Lampe war über die Maßen vergnügt, ich hörte mit Freuden
Ihn mit seiner Frau Muhme sich alter Geschichten erinnern.
Wie sie schwatzten! sie wurden nicht satt! Sie aßen und tranken,
Freuten sich über einander; indessen schrieb ich die Briefe.

Lieber Reinhart, sagte Bellyn: Ihr müßt nur die Briefe
Wohl verwahren: es fehlt, sie einzustecken, ein Täschchen.
Wenn ich die Siegel zerbräche, das würde mir übel bekommen.
Reineke sagte: Das weiß ich zu machen. Ich denke, das Ränzel,
Das ich aus Braunens Felle bekam, wird eben sich schicken,
Es ist dicht und stark, darin verwahr ich die Briefe.
Und es wird Euch dagegen der König besonders belohnen;
Er empfängt Euch mit Ehren, Ihr seid ihm dreimal willkommen.
Alles das glaubte der Widder Bellyn. Da eilte der andre
Wieder ins Haus, das Ränzel ergriff er und steckte behende
Lampens Haupt, des ermordeten, drein und dachte daneben,
Wie er dem armen Bellyn die Tasche zu öffnen verwehrte.

Und er sagte, wie er herauskam: Hänget das Ränzel
Nur um den Hals und laßt Euch, mein Neffe, nicht etwa gelüsten,
In die Briefe zu sehen; es wäre schädliche Neugier:

Denn ich habe sie wohl verwahrt, so müßt Ihr sie lassen.
Selbst das Ränzel öffnet mir nicht! Ich habe den Knoten
Künstlich geknüpft, ich pflege das so in wichtigen Dingen
Zwischen dem König und mir; und findet der König die Riemen
So verschlungen, wie er gewohnt ist, so werdet Ihr Gnade
Und Geschenke verdienen als zuverlässiger Bote.
Ja, sobald Ihr den König erblickt und wollt noch in beßres
Ansehn Euch setzen bei ihm, so laßt ihn merken, als hättet
Ihr mit gutem Bedacht zu diesen Briefen geraten,
Ja, dem Schreiber geholfen; es bringt Euch Vorteil und Ehre.

Und Bellyn ergötzte sich sehr und sprang von der Stätte,
Wo er stand, mit Freuden empor und hierhin und dorthin,
Sagte: Reineke! Neffe und Herr, nun seh ich, Ihr liebt mich,
Wollt mich ehren. Es wird vor allen Herren des Hofes
Mir zum Lobe gereichen, daß ich so gute Gedanken,
Schöne, zierliche Worte zusammenbringe. Denn freilich
Weiß ich nicht zu schreiben, wie Ihr; doch sollen sie's meinen,
Und ich dank es nur Euch. Zu meinem Besten geschah es,
Daß ich Euch folgte hierher. Nun sagt, was meint Ihr noch weiter?
Geht nicht Lampe mit mir in dieser Stunde von hinnen?

Nein! versteht mich! sagte der Schalk: noch ist es unmöglich.
Geht allmählich voraus, er soll Euch folgen, sobald ich
Einige Sachen von Wichtigkeit ihm vertraut und befohlen.
Gott sei bei Euch! sagte Bellyn: so will ich denn gehen.
Und er eilete fort; um Mittag gelangt' er nach Hofe.

Als ihn der König ersah und zugleich das Ränzel erblickte,
Sprach er: Saget, Bellyn, von wannen kommt Ihr? und wo ist
Reineke blieben? Ihr traget das Ränzel, was soll das bedeuten?
Da versetzte Bellyn: Er bat mich, gnädigster König,
Euch zwei Briefe zu bringen, wir haben sie beide zusammen
Ausgedacht. Ihr findet subtil die wichtigsten Sachen
Abgehandelt, und was sie enthalten, das hab ich geraten;
Hier im Ränzel finden sie sich; er knüpfte den Knoten.

Und es ließ der König sogleich dem Biber gebieten,
Der Notarius war und Schreiber des Königs, man nennt ihn
Bokert. Es war sein Geschäft, die schweren, wichtigen Briefe
Vor dem König zu lesen, denn manche Sprache verstand er.

Auch nach Hinzen schickte der König, er sollte dabei sein.
Als nun Bokert den Knoten mit Hinze, seinem Gesellen,
Aufgelöset, zog er das Haupt des ermordeten Hasen
Mit Erstaunen hervor und rief: Das heiß ich mir Briefe!
Seltsam genug! Wer hat sie geschrieben? Wer kann es erklären?
Dies ist Lampens Kopf, es wird ihn niemand verkennen.

Und es erschraken König und Königin. Aber der König
Senkte sein Haupt und sprach: O Reineke! hätt ich dich wieder!
König und Königin beide betrübten sich über die Maßen.
Reineke hat mich betrogen! so rief der König. O hätt ich
Seinen schändlichen Lügen nicht Glauben gegeben! so rief er,
Schien verworren, mit ihm verwirrten sich alle die Tiere.

Aber Lupardus begann, des Königs naher Verwandter:
Traun! ich sehe nicht ein, warum Ihr also betrübt seid,
Und die Königin auch. Entfernet diese Gedanken,
Fasset Mut! es möcht Euch vor allen zur Schande gereichen.
Seid Ihr nicht Herr? Es müssen Euch alle, die hier sind, gehorchen.

Eben deswegen, versetzte der König: so laßt Euch nicht wundern,
Daß ich im Herzen betrübt bin. Ich habe mich leider vergangen.
Denn mich hat der Verräter mit schändlicher Tücke bewogen,
Meine Freunde zu strafen. Es liegen beide geschändet,
Braun und Isegrim: sollte michs nicht von Herzen gereuen?
Ehre bringt es mir nicht, daß ich den besten Baronen
Meines Hofes so übel begegnet, und daß ich dem Lügner
Soviel Glauben geschenkt und ohne Vorsicht gehandelt.
Meiner Frauen folgt ich zu schnell. Sie ließ sich betören,
Bat und flehte für ihn; o wär ich nur fester geblieben!
Nun ist die Reue zu spät, und aller Rat ist vergebens.

Und es sagte Lupardus: Herr König, höret die Bitte,
Trauert nicht länger! was Übels geschehen ist, läßt sich vergleichen.
Gebet dem Bären, dem Wolfe, der Wölfin zur Sühne den Widder;
Denn es bekannte Bellyn gar offen und kecklich, er habe
Lampens Tod geraten; das mag er nun wieder bezahlen!
Und wir wollen hernach zusammen auf Reineken losgehn,
Werden ihn fangen, wenn es gerät, da hängt man ihn eilig;
Kommt er zum Worte, so schwätzt er sich los und wird nicht gehangen.
Aber ich weiß es gewiß, es lassen sich jene versöhnen.

Und der König hörte das gern; er sprach zu Lupardus:
Euer Rat gefällt mir; so geht nun eilig und holet
Mir die beiden Baronen, sie sollen sich wieder mit Ehren
In dem Rate neben mich setzen. Laßt mir die Tiere
Sämtlich zusammenberufen, die hier bei Hofe gewesen;
Alle sollen erfahren, wie Reineke schändlich gelogen,
Wie er entgangen und dann mit Bellyn den Lampe getötet.
Alle sollen dem Wolf und dem Bären mit Ehrfurcht begegnen,

Und zur Sühne geb ich den Herren, wie Ihr geraten,
Den Verräter Bellyn und seine Verwandten auf ewig.

Und es eilte Lupardus, bis er die beiden Gebundnen,
Braun und Isegrim, fand. Sie wurden gelöset; da sprach er:
Guten Trost vernehmet von mir! Ich bringe des Königs
Festen Frieden und freies Geleit. Versteht mich, ihr Herren:
Hat der König euch Übels getan, so ist es ihm selber
Leid, er läßt es euch sagen und wünscht euch beide zufrieden;
Und zur Sühne sollt ihr Bellyn mit seinem Geschlechte,
Ja, mit allen Verwandten auf ewige Zeiten empfahen.
Ohne weiteres tastet sie an, ihr möget im Walde,
Möget im Felde sie finden, sie sind euch alle gegeben.
Dann erlaubt euch mein gnädiger Herr noch über das alles,
Reineken, der euch verriet, auf jede Weise zu schaden:
Ihn, sein Weib und Kinder und alle seine Verwandten
Mögt ihr verfolgen, wo ihr sie trefft, es hindert euch niemand.
Diese köstliche Freiheit verkünd ich im Namen des Königs.
Er und alle, die nach ihm herrschen, sie werden es halten!
Nur vergesset denn auch, was euch Verdrießlichs begegnet,
Schwöret, ihm treu und gewärtig zu sein, ihr könnt es mit Ehren.
Nimmer verletzt er euch wieder; ich rat euch, ergreifet den Vorschlag.

Also war die Sühne beschlossen; sie mußte der Widder
Mit dem Halse bezahlen, und alle seine Verwandten
Werden noch immer verfolgt von Isegrims mächtiger Sippschaft.
So begann der ewige Haß. Nun fahren die Wölfe
Ohne Scheu und Scham auf Lämmer und Schafe zu wüten
Fort, sie glauben das Recht auf ihrer Seite zu haben;
Keines verschonet ihr Grimm, sie lassen sich nimmer versöhnen.
Aber um Brauns und Isegrims willen und ihnen zu Ehren
Ließ der König den Hof zwölf Tage verlängern; er wollte
Öffentlich zeigen, wie ernst es ihm sei, die Herrn zu versöhnen.

Siebenter Gesang

Und nun sah man den Hof gar herrlich bestellt und bereitet,
Manche Ritter kamen dahin; den sämtlichen Tieren
Folgten unzählige Vögel, und alle zusammen verehrten
Braun und Isegrim hoch, die ihrer Leiden vergaßen.
Da ergötzte sich festlich die beste Gesellschaft, die jemals
Nur beisammen gewesen; Trompeten und Pauken erklangen,
Und den Hoftanz führte man auf mit guten Manieren.
Überflüssig war alles bereitet, was jeder begehrte.
Boten auf Boten gingen ins Land und luden die Gäste,
Vögel und Tiere machten sich auf, sie kamen zu Paaren,
Reiseten hin bei Tag und bei Nacht und eilten zu kommen.

Aber Reineke Fuchs lag auf der Lauer zu Hause,
Dachte nicht nach Hofe zu gehn, der verlogene Pilger;
Wenig Dankes erwartet' er sich. Nach altem Gebrauche
Seine Tücke zu üben, gefiel am besten dem Schelme.
Und man hörte bei Hof die allerschönsten Gesänge,
Speis und Trank ward über und über den Gästen gereichet,
Und man sah turnieren und fechten. Es hatte sich jeder
Zu den Seinen gesellt, da ward getanzt und gesungen,
Und man hörte Pfeifen dazwischen und hörte Schalmeien.
Freundlich schaute der König von seinem Saale hernieder;
Ihm behagte das große Getümmel, er sah es mit Freuden.

Und acht Tage waren vorbei (es hatte der König
Sich zu Tafel gesetzt mit seinen ersten Baronen,
Neben der Königin saß er), und blutig kam das Kaninchen
Vor den König getreten und sprach mit traurigem Sinne:

Herr! Herr König! und alle zusammen! erbarmet Euch meiner!
Denn Ihr habt so argen Verrat und mördrische Taten,

Wie ich von Reineken diesmal erduldet, nur selten vernommen.
Gestern morgen fand ich ihn sitzen, es war um die sechste
Stunde, da ging ich die Straße vor Malepartus vorüber;
Und ich dachte, den Weg in Frieden zu ziehen. Er hatte,
Wie ein Pilger gekleidet, als läs er Morgengebete,
Sich vor seine Pforte gesetzt. Da wollt ich behende
Meines Weges vorbei, zu Eurem Hofe zu kommen.
Als er mich sah, erhub er sich gleich und trat mir entgegen,
Und ich glaubt, er wollte mich grüßen; da faßt' er mich aber
Mit den Pfoten gar mörderlich an, und zwischen den Ohren
Fühlt ich die Klauen und dachte wahrhaftig das Haupt zu verlieren,
Denn sie sind lang und scharf, er druckte mich nieder zur Erde.
Glücklicherweise macht ich mich los, und da ich so leicht bin,
Konnt ich entspringen; er knurrte mir nach und schwur, mich zu finden.
Aber ich schwieg und machte mich fort, doch leider behielt er
Mir ein Ohr zurück, ich komme mit blutigem Haupte.
Seht, vier Löcher trug ich davon! Ihr werdet begreifen,
Wie er mit Ungestüm schlug, fast wär ich liegen geblieben.

Nun bedenket die Not, bedenket Euer Geleite!
Wer mag reisen? wer mag an Eurem Hofe sich finden,
Wenn der Räuber die Straße belegt und alle beschädigt?

Und er endigte kaum, da kam die gesprächige Krähe,
Merkenau, sagte: Würdiger Herr und gnädiger König!
Traurige Märe bring ich vor Euch, ich bin nicht imstande,
Viel zu reden vor Jammer und Angst, ich fürchte, das bricht mir
Noch das Herz: so jämmerlich Ding begegnet' mir heute.
Scharfenebbe, mein Weib, und ich, wir gingen zusammen
Heute früh, und Reineke lag für tot auf der Heide,
Beide Augen im Kopfe verkehrt, es hing ihm die Zunge
Weit zum offenen Munde heraus. Da fing ich vor Schrecken
Laut an zu schrein. Er regte sich nicht, ich schrie und beklagt ihn,
Rief: O weh mir! und Ach! und wiederholte die Klage:

Ach! er ist tot! wie dauert er mich! wie bin ich bekümmert!
Meine Frau betrübte sich auch, wir jammerten beide.
Und ich betastet ihm Bauch und Haupt, es nahte desgleichen
Meine Frau sich und trat ihm ans Kinn, ob irgend der Atem

Einiges Leben verriet'; allein sie lauschte vergebens:
Beide hätten wir drauf geschworen. Nun höret das Unglück!

Wie sie nun traurig und ohne Besorgnis dem Munde des Schelmen
Ihren Schnabel näher gebracht, bemerkt' es der Unhold,
Schnappte grimmig nach ihr und riß das Haupt ihr herunter.
Wie ich erschrak, das will ich nicht sagen. O weh mir! o weh mir!
Schrie ich und rief. Da schoß er hervor und schnappte mit einmal
Auch nach mir; da fuhr ich zusammen und eilte zu fliehen.
Wär ich nicht so behende gewesen, er hätte mich gleichfalls
Festgehalten; mit Not entkam ich den Klauen des Mörders,
Eilend erreicht ich den Baum! O hätt ich mein trauriges Leben
Nicht gerettet! ich sah mein Weib in des Bösewichts Klauen.
Ach! er hatte die Gute gar bald gegessen. Er schien mir
So begierig und hungrig, als wollt er noch einige speisen;
Nicht ein Beinchen ließ er zurück, kein Knöchelchen übrig.
Solchen Jammer sah ich mit an! Er eilte von dannen,
Aber ich konnt es nicht lassen und flog mit traurigem Herzen
An die Stätte; da fand ich nur Blut und wenige Federn
Meines Weibes. Ich bringe sie her, Beweise der Untat.
Ach, erbarmt Euch, gnädiger Herr, denn solltet Ihr diesmal
Diesen Verräter verschonen, gerechte Rache verzögern,
Eurem Frieden und Eurem Geleite nicht Nachdruck verschaffen,

Vieles würde darüber gesprochen, es würd Euch mißfallen.
Denn man sagt: der ist schuldig der Tat, der zu strafen Gewalt hat
Und nicht strafet; es spielet alsdann ein jeder den Herren.
Eurer Würde ging' es zu nah, Ihr mögt es bedenken.

Also hatte der Hof die Klage des guten Kaninchens
Und der Krähe vernommen. Da zürnte Nobel, der König,
Rief: So sei es geschworen bei meiner ehlichen Treue,
Diesen Frevel bestraf ich, man soll es lange gedenken!
Mein Geleit und Gebot zu verhöhnen! Ich will es nicht dulden.
Gar zu leicht vertraut ich dem Schelm und ließ ihn entkommen,
Stattet ihn selbst als Pilger noch aus und sah ihn von hinnen
Scheiden, als ging' er nach Rom. Was hat uns der Lügner nicht alles
Aufgeheftet! Wie wußt er sich nicht der Königin Vorwort
Leicht zu gewinnen! Sie hat mich beredet, nun ist er entkommen.
Aber ich werde der Letzte nicht sein, den es bitter gereute,
Frauenrat befolget zu haben. Und lassen wir länger
Ungestraft den Bösewicht laufen, wir müssen uns schämen.
Immer war er ein Schalk und wird es bleiben. Bedenket
Nun zusammen, ihr Herren, wie wir ihn fahen und richten!
Greifen wir ernstlich dazu, so wird die Sache gelingen.

Isegrimen und Braunen behagte die Rede des Königs.
Werden wir doch am Ende gerochen! so dachten sie beide.
Aber sie trauten sich nicht zu reden, sie sahen, der König
War verstörten Gemüts und zornig über die Maßen.
Und die Königin sagte zuletzt: Ihr solltet so heftig,
Gnädiger Herr, nicht zürnen, so leicht nicht schwören; es leidet
Euer Ansehn dadurch und Eurer Worte Bedeutung.
Denn wir sehen die Wahrheit noch keinesweges am Tage;
Ist doch erst der Beklagte zu hören. Und wär er zugegen,
Würde mancher verstummen, der wider Reineken redet.

Beide Parteien sind immer zu hören; denn mancher Verwegne
Klagt, um seine Verbrechen zu decken. Für klug und verständig
Hielt ich Reineken, dachte nichts Böses und hatte nur immer
Euer Bestes vor Augen, wiewohl es nun anders gekommen.
Denn sein Rat ist gut zu befolgen, wenn freilich sein Leben
Manchen Tadel verdient. Dabei ist seines Geschlechtes
Große Verbindung wohl zu bedenken. Es werden die Sachen
Nicht durch Übereilung gebessert, und was Ihr beschließet,
Werdet Ihr dennoch zuletzt als Herr und Gebieter vollziehen.

Und Lupardus sagte darauf: Ihr höret so manchen;
Höret diesen denn auch. Er mag sich stellen, und was Ihr
Dann beschließt, vollziehe man gleich. So denken vermutlich
Diese sämtlichen Herrn mit Eurer edlen Gemahlin.

Isegrim sagte darauf: Ein jeder rate zum Besten!
Herr Lupardus, höret mich an. Und wäre zur Stunde
Reineke hier und entledigte sich der doppelten Klage
Dieser beiden, so wär es mir immer ein leichtes, zu zeigen,
Daß er das Leben verwirkt. Allein ich schweige von allem,
Bis wir ihn haben. Und habt Ihr vergessen, wie sehr er den König
Mit dem Schatze belogen? Den sollt er in Hüsterlo neben
Krekelborn finden, und was der groben Lüge noch mehr war.
Alle hat er betrogen und mich und Braunen geschändet;
Aber ich setze mein Leben daran. So treibt es der Lügner
Auf der Heide. Nun streicht er herum und raubet und mordet.
Deucht es dem Könige gut und seinen Herren, so mag man
Also verfahren. Doch wär es ihm Ernst, nach Hofe zu kommen,
Hätt er sich lange gefunden. Es eilten die Boten des Königs
Durch das Land, die Gäste zu laden, doch blieb er zu Hause.

Und es sagte der König darauf: Was sollen wir lange
Hier ihn erwarten? Bereitet euch alle (so sei es geboten!),
Mir am sechsten Tage zu folgen. Denn wahrlich das Ende
Dieser Beschwerden will ich erleben. Was sagen die Herren?
Wär er nicht fähig, zuletzt ein Land zugrunde zu richten?
Macht euch fertig, so gut ihr nur könnt, und kommet im Harnisch,
Kommt mit Bogen und Spießen und allen andern Gewehren,
Und betragt euch wacker und brav! Es führe mir jeder,
Denn ich schlage wohl Ritter im Felde, den Namen mit Ehren.
Malepartus, die Burg, belegen wir; was er im Haus hat,
Wollen wir sehen. Da riefen sie alle: Wir werden gehorchen!

Also dachte der König und seine Genossen, die Feste
Malepartus zu stürmen, den Fuchs zu strafen. Doch Grimbart,
Der im Rate gewesen, entfernte sich heimlich und eilte,
Reineken aufzusuchen und ihm die Nachricht zu bringen.
Traurend ging er und klagte vor sich und sagte die Worte:

Ach, was kann es nun werden, mein Oheim! Billig bedauert
Dich dein ganzes Geschlecht, du Haupt des ganzen Geschlechtes!
Vor Gericht vertratest du uns, wir waren geborgen:
Niemand konnte bestehn vor dir und deiner Gewandtheit.

So erreicht' er das Schloß, und Reineken fand er im Freien
Sitzen. Er hatte sich erst zwei junge Tauben gefangen;
Aus dem Neste wagten sie sich, den Flug zu versuchen,
Aber die Federn waren zu kurz; sie fielen zu Boden,
Nicht imstande, sich wieder zu heben, und Reineke griff sie,
Denn oft ging er umher, zu jagen. Da sah er von weiten

Grimbart kommen und wartete sein; er grüßt' ihn und sagte:
Seid mir, Neffe, willkommen vor allen meines Geschlechtes!
Warum lauft Ihr so sehr? Ihr keichet! bringt Ihr was Neues?

Ihm erwiderte Grimbart: Die Zeitung, die ich vermelde,
Klingt nicht tröstlich, Ihr seht, ich komm in Ängsten gelaufen;
Leben und Gut ist alles verloren! Ich habe des Königs
Zorn gesehen: er schwört, Euch zu fahen und schändlich zu töten.
Allen hat er befohlen, am sechsten Tage gewaffnet
Hier zu erscheinen mit Bogen und Schwert, mit Büchsen und Wagen.
Alles fällt nun über Euch her, bedenkt Euch in Zeiten!
Isegrim aber und Braun sind mit dem Könige wieder
Besser vertraut, als ich nur immer mit Euch bin, und alles,
Was sie wollen, geschieht. Den gräßlichsten Mörder und Räuber
Schilt Euch Isegrim laut, und so bewegt er den König;
Er wird Marschall, Ihr werdet es sehen, in wenigen Wochen.
Das Kaninchen erschien, dazu die Krähe, sie brachten
Große Klagen gegen Euch vor. Und sollt Euch der König
Diesmal fahen, so lebt Ihr nicht lange! das muß ich befürchten.

Weiter nichts? versetzte der Fuchs. Das ficht mich nun alles
Keinen Pfifferling an. Und hätte der König mit seinem
Ganzen Rate doppelt und dreifach gelobt und geschworen:
Komm ich nur selber dahin, ich hebe mich über sie alle.
Denn sie raten und raten und wissen es nimmer zu treffen.
Lieber Neffe, lasset das fahren, und folgt mir und sehet,
Was ich Euch gebe. Da hab ich soeben die Tauben gefangen,
Jung und fett. Es bleibt mir das liebste von allen Gerichten!

Denn sie sind leicht zu verdauen, man schluckt sie nur eben hinunter
Und die Knöchelchen schmecken so süß! sie schmelzen im Munde,
Sind halb Milch, halb Blut. Die leichte Speise bekommt mir,
Und mein Weib ist von gleichem Geschmack. So kommt nur, sie wird uns
Freundlich empfangen; doch merke sie nicht, warum Ihr gekommen!
Jede Kleinigkeit fällt ihr aufs Herz und macht ihr zu schaffen.
Morgen geh ich nach Hofe mit Euch; da hoff ich, Ihr werdet,
Lieber Neffe, mir helfen, so wie es Verwandten geziemet.

Leben und Gut verpflicht ich Euch gern zu Eurem Behufe,
Sagte der Dachs, und Reineke sprach: Ich will es gedenken;
Leb ich lange, so soll es Euch frommen! Der andre versetzte:
Tretet immer getrost vor die Herren und wahret zum besten
Eure Sache, sie werden Euch hören; auch stimmte Lupardus
Schon dahin, man sollt Euch nicht strafen, bevor Ihr genugsam
Euch verteidigt; es meinte das gleiche die Königin selber.
Merket den Umstand und sucht ihn zu nutzen! Doch Reineke sagte:
Seid nur gelassen, es findet sich alles. Der zornige König,
Wenn er mich hört, verändert den Sinn, es frommt mir am Ende.

Und so gingen sie beide hinein und wurden gefällig
Von der Hausfrau empfangen; sie brachte, was sie nur hatte.
Und man teilte die Tauben, man fand sie schmackhaft, und jedes
Speiste sein Teil; sie wurden nicht satt und hätten gewißlich
Ein halb Dutzend verzehrt, wofern sie zu haben gewesen.

Reineke sagte zum Dachse: Bekennt mir, Oheim, ich habe
Kinder trefflicher Art, sie müssen jedem gefallen.
Sagt mir, wie Euch Rossel behagt und Reinhart, der Kleine?
Sie vermehren einst unser Geschlecht und fangen allmählich
An, sich zu bilden, sie machen mir Freude von Morgen bis Abend.
Einer fängt sich ein Huhn, der andre hascht sich ein Küchlein;
Auch ins Wasser ducken sie brav, die Ente zu holen
Und den Kiebitz. Ich schickte sie gern noch öfter zu jagen;
Aber Klugheit muß ich vor allem sie lehren und Vorsicht,
Wie sie vor Strick und Jäger und Hunden sich weise bewahren.
Und verstehen sie dann das rechte Wesen und sind sie
Abgerichtet, wie sichs gehört, dann sollen sie täglich
Speise holen und bringen und soll im Hause nichts fehlen,
Denn sie schlagen mir nach und spielen grimmige Spiele.
Wenn sie's beginnen, so ziehn den kürzern die übrigen Tiere,
An der Kehle fühlt sie der Gegner und zappelt nicht lange:
Das ist Reinekens Art und Spiel. Auch greifen sie hastig,
Und ihr Sprung ist gewiß; das dünkt mich eben das Rechte!

Grimbart sprach: Es gereichet zur Ehre, und mag man sich freuen,
Kinder zu haben, wie man sie wünscht, und die zum Gewerbe
Bald sich gewöhnen, den Eltern zu helfen. Ich freue mich herzlich,
Sie von meinem Geschlechte zu wissen, und hoffe das Beste.
Mag es für heute bewenden, versetzte Reineke: gehn wir
Schlafen, denn alle sind müd und Grimbart besonders ermattet.
Und sie legten sich nieder im Saale, der über und über
War mit Heu und Blättern bedeckt, und schliefen zusammen.

Aber Reineke wachte vor Angst; es schien ihm die Sache
Guten Rats zu bedürfen, und sinnend fand ihn der Morgen.
Und er hub vom Lager sich auf und sagte zu seinem
Weibe: Betrübt Euch nicht! es hat mich Grimbart gebeten,
Mit nach Hofe zu gehn; Ihr bleibet ruhig zu Hause.
Redet jemand von mir, so kehret es immer zum besten
Und verwahret die Burg, so ist uns allen geraten.

Und Frau Ermelyn sprach: Ich find es seltsam! Ihr wagt es,
Wieder nach Hofe zu gehn, wo Eurer so übel gedacht wird.
Seid Ihr genötigt? Ich seh es nicht ein, bedenkt das Vergangne!
Freilich, sagte Reineke drauf: es war nicht zu scherzen!
Viele wollten mir übel, ich kam in große Bedrängnis;
Aber mancherlei Dinge begegnen unter der Sonne.
Wider alles Vermuten erfährt man dieses und jenes,
Und wer was zu haben vermeint, vermißt es auf einmal.
Also laßt mich nur gehn, ich habe dort manches zu schaffen.
Bleibet ruhig, das bitt ich Euch sehr, Ihr habet nicht nötig,
Euch zu ängstigen. Wartet es ab! Ihr sehet, mein Liebchen,
Ist es mir immer nur möglich, in fünf, sechs Tagen mich wieder.
Und so schied er von dannen, begleitet von Grimbart, dem Dachse.

Achter Gesang

Weiter gingen sie nun zusammen über die Heide,
Grimbart und Reineke, grade den Weg zum Schlosse des Königs.
Aber Reineke sprach: Es falle, wie es auch wolle,
Diesmal ahndet es mir, die Reise führet zum Besten.
Lieber Oheim, höret mich nun! Seitdem ich zum letzten
Euch gebeichtet, verging ich mich wieder in sündigem Wesen;
Höret Großes und Kleines, und was ich damals vergessen.

Von dem Leibe des Bären und seinem Felle verschafft ich
Mir ein tüchtiges Stück; es ließen der Wolf und die Wölfin
Ihre Schuhe mir ab; so hab ich mein Mütchen gekühlet.
Meine Lüge verschaffte mir das, ich wußte den König
Aufzubringen und hab ihn dabei entsetzlich betrogen:
Denn ich erzählt ihm ein Märchen, und Schätze wußt ich zu dichten.
Ja, ich hatte daran nicht genug, ich tötete Lampen,
Ich bepackte Bellyn mit dem Haupt des Ermordeten; grimmig
Sah der König auf ihn, er mußte die Zeche bezahlen.
Und das Kaninchen, ich drückt es gewaltig hinter die Ohren,
Daß es beinah das Leben verlor, und war mir verdrießlich,
Daß es entkam. Auch muß ich bekennen, die Krähe beklagt sich
Nicht mit Unrecht, ich habe Frau Scharfenebbe, sein Weibchen,
Aufgegessen. Das hab ich begangen, seitdem ich gebeichtet.
Aber damals vergaß ich nur eines, ich will es erzählen,
Eine Schalkheit, die ich beging, Ihr müßt sie erfahren,
Denn ich möchte nicht gern so etwas tragen; ich lud es
Damals dem Wolf auf den Rücken. Wir gingen nämlich zusammen
Zwischen Kackyß und Elverdingen, da sahn wir von weiten
Eine Stute mit ihrem Fohlen, und eins wie das andre
Wie ein Rabe so schwarz; vier Monat mochte das Fohlen
Alt sein. Und Isegrim war vom Hunger gepeinigt, da bat er:

Fraget mir doch, verkauft uns die Stute nicht etwa das Fohlen?
Und wie teuer? Da ging ich zu ihr und wagte das Stückchen.
Liebe Frau Mähre, sagt ich zu ihr: das Fohlen ist Euer,
Wie ich weiß; verkauft Ihr es wohl? Das möcht ich erfahren.
Sie versetzte: Bezahlt Ihr es gut, so kann ich es missen,
Und die Summe, für die es mir feil ist, Ihr werdet sie lesen,
Hinten steht sie geschrieben an meinem Fuße. Da merkt ich,
Was sie wollte, versetzte darauf: Ich muß Euch bekennen,
Lesen und Schreiben gelingt mir nicht eben so, wie ich es wünschte.
Auch begehr ich des Kindes nicht selbst: denn Isegrim möchte
Das Verhältnis eigentlich wissen; er hat mich gesendet.

Laßt ihn kommen! versetzte sie drauf: er soll es erfahren.
Und ich ging, und Isegrim stand und wartete meiner.
Wollt Ihr Euch sättigen, sagt ich zu ihm: so geht nur, die Mähre
Gibt Euch das Fohlen, es steht der Preis am hinteren Fuße
Unten geschrieben; ich möchte nur, sagte sie, selber da nachsehn.
Aber zu meinem Verdruß mußt ich schon manches versäumen,
Weil ich nicht lesen und schreiben gelernt. Versucht es, mein Oheim,
Und beschauet die Schrift, Ihr werdet vielleicht sie verstehen.

Isegrim sagte: Was sollt ich nicht lesen! das wäre mir seltsam!
Deutsch, Latein und Welsch, sogar Französisch versteh ich:
Denn in Erfurt hab ich mich wohl zur Schule gehalten,
Bei den Weisen, Gelahrten, und mit den Meistern des Rechtes
Fragen und Urteil gestellt; ich habe meine Lizenzen
Förmlich genommen, und was für Skripturen man immer auch findet
Les ich, als wär es mein Name. Drum wird es mir heute nicht fehlen.
Bleibet, ich geh und lese die Schrift, wir wollen doch sehen!

Und er ging und fragte die Frau: Wie teuer das Fohlen?
Macht es billig! Sie sagte darauf: Ihr dürft nur die Summe
Lesen, sie stehet geschrieben an meinem hinteren Fuße.

Laßt mich sehen! versetzte der Wolf. Sie sagte: Das tu ich!
Und sie hub den Fuß empor aus dem Grase, der war erst
Mit sechs Nägeln beschlagen; sie schlug gar richtig und fehlte
Nicht ein Härchen, sie traf ihm den Kopf, er stürzte zur Erden,
Lag betäubt wie tot. Sie aber eilte von dannen,
Was sie konnte. So lag er verwundet, es dauerte lange.
Eine Stunde verging, da regt' er sich wieder und heulte
Wie ein Hund. Ich trat ihm zur Seite und sagte: Herr Oheim,
Wo ist die Stute? Wie schmeckte das Fohlen? Ihr habt Euch gesättigt,
Habt mich vergessen! Ihr tatet nicht wohl: ich brachte die Botschaft!
Nach der Mahlzeit schmeckte das Schläfchen. Wie lautete, sagt mir,
Unter dem Fuße die Schrift? Ihr seid ein großer Gelehrter.

Ach! versetzt' er: spottet Ihr noch? Wie bin ich so übel
Diesmal gefahren! Es sollte fürwahr ein Stein sich erbarmen.
Die langbeinige Mähre! Der Henker mags ihr bezahlen!
Denn der Fuß war mit Eisen beschlagen, das waren die Schriften!
Neue Nägel! Ich habe davon sechs Wunden im Kopfe.

Kaum behielt er sein Leben. Ich habe nun alles gebeichtet.
Lieber Neffe! vergebet mir nun die sündigen Werke!
Wie es bei Hofe gerät, ist mißlich; aber ich habe
Mein Gewissen befreit und mich von Sünden gereinigt.
Saget nun, wie ich mich beßre, damit ich zu Gnaden gelange.

Grimbart sprach: Ich find Euch von neuem mit Sünden beladen.
Doch es werden die Toten nicht wieder lebendig; es wäre
Freilich besser, wenn sie noch lebten. So will ich, mein Oheim,
In Betrachtung der schrecklichen Stunde, der Nähe des Todes,
Der Euch droht, die Sünde vergeben als Diener des Herren:
Denn sie streben Euch nach mit Gewalt, ich fürchte das Schlimmste,
Und man wird Euch vor allem das Haupt des Hasen gedenken!
Große Dreistigkeit war es, gestehts, den König zu reizen,
Und es schadet Euch mehr, als Euer Leichtsinn gedacht hat.

Nicht ein Haar! versetzte der Schelm: und daß ich Euch sage,
Durch die Welt sich zu helfen, ist ganz was Eignes; man kann sich
Nicht so heilig bewahren als wie im Kloster, das wißt Ihr.
Handelt einer mit Honig, er leckt zuweilen die Finger.
Lampe reizte mich sehr; er sprang herüber, hinüber,
Mir vor den Augen herum, sein fettes Wesen gefiel mir,
Und ich setzte die Liebe beiseite. So gönnt ich Bellynen
Wenig Gutes. Sie haben den Schaden, ich habe die Sünde.
Aber sie sind zum Teil auch so plump, in jeglichen Dingen
Grob und stumpf. Ich sollte noch viel Zeremonien machen?
Wenig Lust behielt ich dazu. Ich hatte von Hofe
Mich mit Ängsten gerettet und lehrte sie dieses und jenes,
Aber es wollte nicht fort. Zwar jeder sollte den Nächsten
Lieben, das muß ich gestehn; indessen achtet ich diese
Wenig, und tot ist tot, so sagt Ihr selber. Doch laßt uns
Andre Dinge besprechen; es sind gefährliche Zeiten.
Denn wie geht es von oben herab? Man soll ja nicht reden;
Doch wir andern merken darauf und denken das Unsre.

Raubt der König ja selbst so gut als einer, wir wissens;
Was er selber nicht nimmt, das läßt er Bären und Wölfe
Holen und glaubt, es geschähe mit Recht. Da findet sich keiner,
Der sich getraut, ihm die Wahrheit zu sagen – so weit hinein ist es
Böse – kein Beichtiger, kein Kaplan; sie schweigen! Warum das?
Sie genießen es mit, und wär nur ein Rock zu gewinnen.
Komme dann einer und klage! der haschte mit gleichem Gewinne
Nach der Luft, er tötet' die Zeit und beschäftigte besser
Sich mit neuem Erwerb. Denn fort ist fort, und was einmal
Dir ein Mächtiger nimmt, das hast du besessen. Der Klage
Gibt man wenig Gehör, und sie ermüdet am Ende.
Unser Herr ist der Löwe, und alles an sich zu reißen,
Hält er seiner Würde gemäß. Er nennt uns gewöhnlich

Seine Leute: fürwahr, das Unsre, scheint es, gehört ihm!

Darf ich reden, mein Oheim? Der edle König, er liebt sich
Ganz besonders Leute, die bringen und die nach der Weise,
Die er singt, zu tanzen verstehn. Man sieht es zu deutlich.
Daß der Wolf und der Bär zum Rate wieder gelangen,
Schadet noch manchem. Sie stehlen und rauben, es liebt sie der König
Jeglicher sieht es und schweigt: er denkt, an die Reihe zu kommen.
Mehr als vier befinden sich so zur Seite des Herren,
Ausgezeichnet vor allen, sie sind die Größten am Hofe.
Nimmt ein armer Teufel, wie Reineke, irgendein Hühnchen,
Wollen sie alle gleich über ihn her, ihn suchen und fangen,
Und verdammen ihn laut mit Einer Stimme zum Tode.
Kleine Diebe hängt man so weg, es haben die großen
Starken Vorsprung, mögen das Land und die Schlösser verwalten.
Sehet, Oheim, bemerk ich nun das und sinne darüber,
Nun, so spiel ich halt auch mein Spiel und denke daneben
Öfters bei mir: es muß ja wohl recht sein, tuns doch so viele!
Freilich regt sich dann auch das Gewissen und zeigt mir von ferne
Gottes Zorn und Gericht und läßt mich das Ende bedenken.
Ungerecht Gut, so klein es auch sei, man muß es erstatten.
Und da fühl ich denn Reu im Herzen; doch währt es nicht lange.
Ja, was hilft dichs, der Beste zu sein, es bleiben die Besten
Doch nicht unberedet in diesen Zeiten vom Volke.
Denn es weiß die Menge genau nach allem zu forschen,
Niemand vergessen sie leicht, erfinden dieses und jenes;
Wenig Gutes ist in der Gemeine, und wirklich verdienen
Wenige drunter auch gute, gerechte Herren zu haben.
Denn sie singen und sagen vom Bösen immer und immer;
Auch das Gute wissen sie zwar von großen und kleinen
Herren, doch schweigt man davon, und selten kommt es zur Sprache
Doch das Schlimmste find ich den Dünkel des irrigen Wahnes,

Der die Menschen ergreift: es könne jeder im Taumel
Seines heftigen Wollens die Welt beherrschen und richten.
Hielte doch jeder sein Weib und seine Kinder in Ordnung,
Wüßte sein trotzig Gesinde zu bändigen, könnte sich stille,
Wenn die Toren verschwenden, in mäßigem Leben erfreuen!
Aber wie sollte die Welt sich verbessern? Es läßt sich ein jeder
Alles zu und will mit Gewalt die andern bezwingen.
Und so sinken wir tiefer und immer tiefer ins Arge.
Afterreden, Lug und Verrat und Diebstahl und falscher
Eidschwur, Rauben und Morden, man hört nichts anders erzählen.
Falsche Propheten und Heuchler betrügen schändlich die Menschen.

Jeder lebt nur so hin! und will man sie treulich ermahnen,
Nehmen sie's leicht und sagen auch wohl: Ei, wäre die Sünde
Groß und schwer, wie hier und dort uns manche Gelehrte
Predigen, würde der Pfaffe die Sünde selber vermeiden.
Sie entschuldigen sich mit bösem Exempel und gleichen
Gänzlich dem Affengeschlecht, das, nachzuahmen geboren,
Weil es nicht denket und wählt, empfindlichen Schaden erduldet.

Freilich sollten die geistlichen Herren sich besser betragen!
Manches könnten sie tun, wofern sie es heimlich vollbrächten:
Aber sie schonen uns nicht, uns andre Laien, und treiben
Alles, was ihnen beliebt, vor unsern Augen, als wären
Wir mit Blindheit geschlagen; allein wir sehen zu deutlich,
Ihre Gelübde gefallen den guten Herren so wenig,
Als sie dem sündigen Freunde der weltlichen Werke behagen.

Denn so haben über den Alpen die Pfaffen gewöhnlich
Eigens ein Liebchen; nicht weniger sind in diesen Provinzen,
Die sich sündlich vergehn. Man will mir sagen, sie haben
Kinder wie andre verehlichte Leute, und sie zu versorgen,
Sind sie eifrig bemüht und bringen sie hoch in die Höhe.

Diese denken hernach nicht weiter, woher sie gekommen,
Lassen niemand den Rang und gehen stolz und gerade,
Eben als wären sie edlen Geschlechts, und bleiben der Meinung,
Ihre Sache sei richtig. So pflegte man aber vor diesem
Pfaffenkinder so hoch nicht zu halten; nun heißen sie alle
Herren und Frauen. Das Geld ist freilich alles vermögend.
Selten findet man fürstliche Lande, worin nicht die Pfaffen
Zölle und Zinsen erhüben und Dörfer und Mühlen benutzten.
Diese verkehren die Welt, es lernt die Gemeine das Böse:
Denn man sieht, so hält es der Pfaffe, da sündiget jeder,
Und vom Guten leitet hinweg ein Blinder den andern.
Ja, wer merkte denn wohl die guten Werke der frommen
Priester, und wie sie die heilige Kirche mit gutem Exempel
Auferbauen? Wer lebt nun darnach? Man stärkt sich im Bösen.
So geschieht es im Volke, wie sollte die Welt sich verbessern?

Aber höret mich weiter. Ist einer unecht geboren,
Sei er ruhig darüber, was kann er weiter zur Sache?
Denn ich meine nur so, versteht mich. Wird sich ein solcher
Nur mit Demut betragen und nicht durch eitles Benehmen

Andre reizen, so fällt es nicht auf, und hätte man unrecht,
Über dergleichen Leute zu reden. Es macht die Geburt uns
Weder edel noch gut, noch kann sie zur Schande gereichen.
Aber Tugend und Laster, *sie* unterscheiden die Menschen.
Gute, gelehrte geistliche Männer, man hält sie, wie billig,
Hoch in Ehren, doch geben die bösen ein böses Exempel.
Predigt so einer das Beste, so sagen doch endlich die Laien:
Spricht er das Gute und tut er das Böse, was soll man erwählen?
Auch der Kirche tut er nichts Gutes, er prediget jedem:
Leget nur aus und bauet die Kirche; das rat ich, ihr Lieben,
Wollt ihr Gnade verdienen und Ablaß! so schließt er die Rede,
Und er legt wohl wenig dazu, ja gar nichts, und fiele
Seinetwegen die Kirche zusammen. So hält er denn weiter
Für die beste Weise zu leben, sich köstlich zu kleiden,
Lecker zu essen. Und hat sich so einer um weltliche Sachen
Übermäßig bekümmert, wie will er beten und singen?
Gute Priester sind täglich und stündlich im Dienste des Herren
Fleißig begriffen und üben das Gute; der heiligen Kirche
Sind sie nütze, sie wissen die Laien durch gutes Exempel
Auf dem Wege des Heils zur rechten Pforte zu leiten.

Aber ich kenne denn auch die Bekappten; sie plärren und plappern
Immer zum Scheine so fort und suchen immer die Reichen,
Wissen den Leuten zu schmeicheln und gehn am liebsten zu Gaste.
Bittet man einen, so kommt auch der zweite; da finden sich weiter
Noch zu diesen zwei oder drei. Und wer in dem Kloster
Gut zu schwatzen versteht, der wird im Orden erhoben,
Wird zum Lesemeister, zum Kustos oder zum Prior.
Andere stehen beiseite. Die Schüsseln werden gar ungleich
Aufgetragen. Denn einige müssen des Nachts in dem Chore
Singen, lesen, die Gräber umgehn; die anderen haben
Guten Vorteil und Ruh und essen die köstlichen Bissen.

Und die Legaten des Papsts, die Äbte, Pröpste, Prälaten,
Die Beguinen und Nonnen, da wäre vieles zu sagen!
Überall heißt es: Gebt mir das Eure und laßt mir das Meine.
Wenige finden sich wahrlich, nicht sieben, welche der Vorschrift
Ihres Ordens gemäß ein heiliges Leben beweisen.
Und so ist der geistliche Stand gar schwach und gebrechlich.

Oheim! sagte der Dachs: ich find es besonders, Ihr beichtet
Fremde Sünden. Was will es Euch helfen? Mich dünket, es wären
Eurer eignen genug. Und sagt mir, Oheim, was habt Ihr
Um die Geistlichkeit Euch zu bekümmern, um dieses und jenes?
Seine Bürde mag jeglicher tragen, und jeglicher gebe
Red und Antwort, wie er in seinem Stande die Pflichten
Zu erfüllen strebt; dem soll sich niemand entziehen,
Weder Alte noch Junge, hier außen oder im Kloster.
Doch Ihr redet zu viel von allerlei Dingen und könntet
Mich zuletzt zum Irrtum verleiten. Ihr kennet vortrefflich,
Wie die Welt nun besteht und alle Dinge sich fügen;
Niemand schickte sich besser zum Pfaffen. Ich käme mit andern
Schafen, zu beichten bei Euch und Eurer Lehre zu horchen,
Eure Weisheit zu lernen; denn freilich muß ich gestehen:
Stumpf und grob sind die meisten von uns und hättens vonnöten.

Also hatten sie sich dem Hofe des Königs genähert.
Reineke sagte: So ist es gewagt! und nahm sich zusammen.
Und sie begegneten Martin, dem Affen, der hatte sich eben
Aufgemacht und wollte nach Rom; er grüßte die beiden.
Lieber Oheim, fasset ein Herz! so sprach er zum Fuchse,
Fragt' ihn dieses und jenes, obschon ihm die Sache bekannt war.
Ach, wie ist mir das Glück in diesen Tagen entgegen!
Sagte Reineke drauf: da haben mich etliche Diebe
Wieder beschuldigt, wer sie auch sind, besonders die Krähe

Mit dem Kaninchen; sein Weib verlor das eine, dem andern
Fehlt ein Ohr. Was kümmert mich das? Und könnt ich nur selber
Mit dem Könige reden, sie beide solltens empfinden.
Aber mich hindert am meisten, daß ich im Banne des Papstes
Leider noch bin. Nun hat in der Sache der Dompropst die Vollmacht,
Der beim Könige gilt. Und in dem Banne befind ich
Mich um Isegrims willen, der einst ein Klausner geworden,
Aber dem Kloster entlief, von Elkmar, wo er gewohnet.
Und er schwur, so könnt er nicht leben, man halt ihn zu strenge,
Lange könn er nicht fasten und könne nicht immer so lesen.
Damals half ich ihm fort. Es reut mich; denn er verleumdet
Mich beim Könige nun und sucht mir immer zu schaden.
Soll ich nach Rom? Wie werden indes zu Hause die Meinen
In Verlegenheit sein! Denn Isegrim kann es nicht lassen,
Wo er sie findet, beschädigt er sie. Auch sind noch so viele,
Die mir Übels gedenken und sich an die Meinigen halten.
Wär ich aus dem Banne gelöst, so hätt ich es besser,
Könnte gemächlich mein Glück bei Hofe wieder versuchen

Martin versetzte: Da kann ich Euch helfen, es trifft sich! Soeben
Geh ich nach Rom und nütz Euch daselbst mit künstlichen Stücken.
Unterdrücken laß ich Euch nicht! Als Schreiber des Bischofs,

Dünkt mich, versteh ich das Werk. Ich schaffe, daß man den Dompropst
Grade nach Rom zitiert, da will ich gegen ihn fechten.
Seht nur, Oheim, ich treibe die Sache und weiß sie zu leiten;
Exequieren laß ich das Urteil, Ihr werdet mir sicher
Absolviert, ich bring es Euch mit; es sollen die Feinde
Übel sich freun und ihr Geld zusamt der Mühe verlieren:
Denn ich kenne den Gang der Dinge zu Rom und verstehe,
Was zu tun und zu lassen. Da ist Herr Simon, mein Oheim,
Angesehn und mächtig; er hilft den guten Bezahlern.
Schalkefund, das ist ein Herr! und Doktor Greifzu und andre,
Wendemantel und Losefund hab ich alle zu Freunden.
Meine Gelder schickt ich voraus; denn, seht nur, so wird man
Dort am besten bekannt. Sie reden wohl von Zitieren:
Aber das Geld begehren sie nur. Und wäre die Sache
Noch so krumm, ich mache sie grad mit guter Bezahlung.
Bringst du Geld, so findest du Gnade; sobald es dir mangelt,
Schließen die Türen sich zu. Ihr bleibet ruhig im Lande;
Eurer Sache nehm ich mich an, ich löse den Knoten.
Geht nur nach Hofe, Ihr werdet daselbst Frau Rückenau finden,
Meine Gattin; es liebt sie der König, unser Gebieter,
Und die Königin auch, sie ist behenden Verstandes.
Sprecht sie an, sie ist klug, verwendet sich gerne für Freunde.
Viele Verwandte findet Ihr da. Es hilft nicht immer,
Recht zu haben. Ihr findet bei ihr zwei Schwestern, und meiner
Kinder sind drei, daneben noch manche von Eurem Geschlechte,
Euch zu dienen bereit, wie Ihr es immer begehret.
Und versagte man Euch das Recht, so sollt Ihr erfahren,
Was ich vermag. Und wenn man Euch druckt, berichtet mirs eilig!
Und ich lasse das Land in Bann tun, den König und alle
Weiber und Männer und Kinder. Ein Interdikt will ich senden,
Singen soll man nicht mehr, noch Messe lesen, noch taufen,
Noch begraben, was es auch sei. Des tröstet Euch, Neffe!

Denn der Papst ist alt und krank und nimmt sich der Dinge
Weiter nicht an, man achtet ihn wenig. Auch hat nun am Hofe
Kardinal Ohnegenüge die ganze Gewalt, der ein junger
Rüstiger Mann ist, ein feuriger Mann von schnellem Entschlusse.
Dieser liebt ein Weib, das ich kenne; sie soll ihm ein Schreiben
Bringen, und was sie begehrt, das weiß sie trefflich zu machen.
Und sein Schreiber Johannes Partey, der kennt aufs genauste
Alte und neue Münze; dann Horchegenau, sein Geselle,
Ist ein Hofmann; Schleifenundwenden ist Notarius,
Bakkalaureus beider Rechte, und bleibt er nur etwa
Noch ein Jahr, so ist er vollkommen in praktischen Schriften.
Dann sind noch zwei Richter daselbst, die heißen Moneta
Und Donarius; sprechen sie ab, so bleibt es gesprochen.

So verübt man in Rom gar manche Listen und Tücken,
Die der Papst nicht erfährt. Man muß sich Freunde verschaffen!
Denn durch sie vergibt man die Sünden und löset die Völker
Aus dem Banne. Verlaßt Euch darauf, mein wertester Oheim!
Denn es weiß der König schon lang, ich laß Euch nicht fallen;
Eure Sache führ ich hinaus und bin es vermögend.
Ferner mag er bedenken, es sind gar viele den Affen
Und den Füchsen verwandt, die ihn am besten beraten,
Und das hilft Euch gewiß, es gehe, wie es auch wolle.

Reineke sprach: Das tröstet mich sehr; ich denk es Euch wieder,
Komm ich diesmal nur los. Und einer empfahl sich dem andern.
Ohne Geleit ging Reineke nun mit Grimbart, dem Dachse,
Nach dem Hofe des Königs, wo man ihm übel gesinnt war.

Neunter Gesang

Reineke war nach Hofe gelangt, er dachte die Klagen
Abzuwenden, die ihn bedrohten. Doch als er die vielen
Feinde beisammen erblickte, wie alle standen und alle
Sich zu rächen begehrten und ihn am Leben zu strafen,
Fiel ihm der Mut; er zweifelte nun, doch ging er mit Kühnheit
Grade durch alle Baronen, und Grimbart ging ihm zur Seite.
Sie gelangten zum Throne des Königs, da lispelte Grimbart:
Seid nicht furchtsam, Reineke, diesmal; gedenket: dem Blöden
Wird das Glück nicht zuteil, der Kühne sucht die Gefahr auf
Und erfreut sich mit ihr; sie hilft ihm wieder entkommen.
Reineke sprach: Ihr sagt mir die Wahrheit, ich danke zum schönsten
Für den herrlichen Trost, und komm ich wieder in Freiheit,
Werd ichs gedenken. Er sah nun umher, und viele Verwandte
Fanden sich unter der Schar, doch wenige Gönner, den meisten
Pflegt' er übel zu dienen; ja, unter den Ottern und Bibern,
Unter Großen und Kleinen trieb er sein schelmisches Wesen.
Doch entdeckt' er noch Freunde genug im Saale des Königs.

Reineke kniete vorm Throne zur Erden und sagte bedächtig:
Gott, dem alles bekannt ist und der in Ewigkeit mächtig
Bleibt, bewahr Euch, mein Herr und König, bewahre nicht minder
Meine Frau, die Königin, immer, und beiden zusammen
Geb er Weisheit und gute Gedanken, damit sie besonnen

Recht und Unrecht erkennen; denn viele Falschheit ist jetzo
Unter den Menschen im Gange. Da scheinen viele von außen,
Was sie nicht sind. O hätte doch jeder am Vorhaupt geschrieben,
Wie er gedenkt, und säh es der König! da würde sich zeigen,
Daß ich nicht lüge und daß ich Euch immer zu dienen bereit bin.
Zwar verklagen die Bösen mich heftig; sie möchten mir gerne
Schaden und Eurer Huld mich berauben, als wär ich derselben
Unwert. Aber ich kenne die strenge Gerechtigkeitsliebe
Meines Königs und Herrn, denn ihn verleitete keiner
Je, die Wege des Rechtes zu schmälern; so wird es auch bleiben.

Alles kam und drängte sich nun, ein jeglicher mußte
Reinekens Kühnheit bewundern, es wünscht' ihn jeder zu hören;
Seine Verbrechen waren bekannt, wie wollt er entrinnen?

Reineke, Bösewicht! sagte der König: für diesmal erretten
Deine losen Worte dich nicht, sie helfen nicht länger
Lügen und Trug zu verkleiden, nun bist du ans Ende gekommen.
Denn du hast die Treue zu mir, ich glaube, bewiesen
Am Kaninchen und an der Krähe. Das wäre genugsam.
Aber du übest Verrat an allen Orten und Enden;
Deine Streiche sind falsch und behende, doch werden sie nicht mehr
Lange dauern, denn voll ist das Maß, ich schelte nicht länger.

Reineke dachte: Wie wird es mir gehn? O hätt ich nur wieder
Meine Behausung erreicht! Wo will ich Mittel ersinnen?
Wie es auch geht, ich muß nun hindurch, versuchen wir alles!

Mächtiger König, edelster Fürst! so ließ er sich hören:
Meint Ihr, ich habe den Tod verdient, so habt Ihr die Sache
Nicht von der rechten Seite betrachtet; drum bitt ich, Ihr wollet
Erst mich hören. Ich habe ja sonst Euch nützlich geraten,
In der Not bin ich bei Euch geblieben, wenn etliche wichen,

Die sich zwischen uns beide nun stellen zu meinem Verderben
Und die Gelegenheit nützen, wenn ich entfernt bin. Ihr möget,
Edler König, hab ich gesprochen, die Sache dann schlichten;
Werd ich schuldig befunden, so muß ich es freilich ertragen.
Wenig habt Ihr meiner gedacht, indes ich im Lande
Vieler Orten und Enden die sorglichste Wache gehalten.
Meint Ihr, ich wäre nach Hofe gekommen, wofern ich mich schuldig
Wußte groß- oder kleiner Vergehn? Ich würde bedächtig
Eure Gegenwart fliehn und meine Feinde vermeiden.
Nein, mich hätten gewiß aus meiner Feste nicht sollen

Alle Schätze der Welt hierher verleiten; da war ich
Frei auf eigenem Grund und Boden. Nun bin ich mir aber
Keines Übels bewußt, und also bin ich gekommen.
Eben stand ich, Wache zu halten; da brachte mein Oheim
Mir die Zeitung, ich solle nach Hof. Ich hatte von neuem,
Wie ich dem Bann mich entzöge, gedacht, darüber mit Martin
Vieles gesprochen, und er gelobte mir heilig, er wolle
Mich von dieser Bürde befrein. Ich werde nach Rom gehn,
Sagt' er, und nehme die Sache von nun an völlig auf meine
Schultern, geht nur nach Hofe, des Bannes werdet Ihr ledig.
Sehet, so hat mir Martin geraten, er muß es verstehen:
Denn der vortreffliche Bischof, Herr Ohnegrund, braucht ihn beständig;
Schon fünf Jahre dient er demselben in rechtlichen Sachen.
Und so kam ich hieher und finde Klagen auf Klagen.
Das Kaninchen, der Äugler, verleumdet mich; aber es steht nun
Reineke hier: so tret er hervor mir unter die Augen!
Denn es ist freilich was Leichtes, sich über Entfernte beklagen,
Aber man soll den Gegenteil hören, bevor man ihn richtet.
Diese falschen Gesellen, bei meiner Treue! sie haben
Gutes genossen von mir, die Krähe mit dem Kaninchen:
Denn vorgestern am Morgen in aller Frühe begegnet'
Mir das Kaninchen und grüßte mich schön; ich hatte soeben
Vor mein Schloß mich gestellt und las die Gebete des Morgens.
Und er zeigte mir an, er gehe nach Hofe. Da sagt ich:
Gott begleit Euch! Er klagte darauf: Wie hungrig und müde
Bin ich geworden! Da fragt ich ihn freundlich: Begehrt Ihr zu essen?
Dankbar nehm ich es an, versetzt' er. Aber ich sagte:
Geb ichs doch gerne. So ging ich mit ihm und bracht ihm behende
Kirschen und Butter: ich pflege kein Fleisch am Mittwoch zu essen.
Und er sättigte sich mit Brot und Butter und Früchten.
Aber es trat mein Söhnchen, das jüngste, zum Tische, zu sehen,
Ob was übriggeblieben: denn Kinder lieben das Essen;

Und der Knabe haschte darnach. Da schlug das Kaninchen
Hastig ihn über das Maul, es bluteten Lippen und Zähne.
Reinhart, mein andrer, sah die Begegnung und faßte den Äugler
Grad an der Kehle, spielte sein Spiel und rächte den Bruder.
Das geschah, nicht mehr und nicht minder. Ich säumte nicht lange,
Lief und strafte die Knaben und brachte mit Mühe die beiden
Auseinander. Kriegt' er was ab, so mag er es tragen,
Denn er hatte noch mehr verdient; auch wären die Jungen,
Hätt ich es übel gemeint, mit ihm wohl fertig geworden.
Und so dankt er mir nun! Ich riß ihm, sagt er, ein Ohr ab;
Ehre hat er genossen und hat ein Zeichen behalten.

Ferner kam die Krähe zu mir und klagte: die Gattin
Hab er verloren, sie habe sich leider zu Tode gegessen,
Einen ziemlichen Fisch mit allen Gräten verschlungen;
Wo es geschah, das weiß er am besten. Nun sagt er: ich habe
Sie gemordet; er tat es wohl selbst, und würde man ernstlich
Ihn verhören, dürft ich es tun, er spräche wohl anders.
Denn sie fliegen, es reichet kein Sprung so hoch, in die Lüfte.

Will nun solcher verbotenen Taten mich jemand bezüchten,
Tu ers mit redlichen, gültigen Zeugen: denn also gehört sichs,
Gegen edle Männer zu rechten; ich müßt es erwarten.
Aber finden sich keine, so gibts ein anderes Mittel.
Hier! Ich bin zum Kampfe bereit! Man setze den Tag an
Und den Ort. Es zeige sich dann ein würdiger Gegner,
Gleich mit mir von Geburt, ein jeder führe sein Recht aus.
Wer dann Ehre gewinnt, dem mag sie bleiben. So hat es
Immer zu Rechte gegolten, und ich verlang es nicht besser.

Alle standen und hörten und waren über die Worte
Reinekens höchlich verwundert, die er so trotzig gesprochen.
Und es erschraken die beiden, die Krähe mit dem Kaninchen,
Räumten den Hof und trauten nicht weiter ein Wörtchen zu sprechen,
Gingen und sagten untereinander: Es wäre nicht ratsam,
Gegen ihn weiter zu rechten. Wir möchten alles versuchen,
Und wir kämen nicht aus. Wer hats gesehen? Wir waren
Ganz allein mit dem Schelm; wer sollte zeugen? Am Ende
Bleibt der Schaden uns doch. Für alle seine Verbrechen
Warte der Henker ihm auf und lohn ihm, wie ers verdiente!
Kämpfen will er mit uns? das möcht uns übel bekommen.
Nein, fürwahr, wir lassen es lieber. Denn falsch und behende,
Lose und tückisch kennen wir ihn. Es wären ihm wahrlich
Unser fünfe zuwenig, wir müßten es teuer bezahlen.

Isegrim aber und Braunen war übel zumute, sie sahen
Ungern die beiden von Hofe sich schleichen. Da sagte der König:
Hat noch jemand zu klagen, der komme! Laßt uns vernehmen!
Gestern drohten so viele, hier steht der Beklagte! wo sind sie?

Reineke sagte: So pflegt es zu gehn, man klagt und beschuldigt
Diesen und jenen; doch stünd er dabei, man bliebe zu Hause.
Diese losen Verräter, die Krähe mit dem Kaninchen,

Hätten mich gern in Schande gebracht und Schaden und Strafe,
Aber sie bitten mirs ab, und ich vergebe; denn freilich,
Da ich komme, bedenken sie sich und weichen zur Seite.
Wie beschämt ich sie nicht! Ihr sehet, wie es gefährlich
Ist, die losen Verleumder entfernter Diener zu hören;
Sie verdrehen das Rechte und sind den Besten gehässig.
Andre dauern mich nur, an mir ist wenig gelegen.

Höre mich, sagte der König darauf: du loser Verräter!
Sage, was trieb dich dazu, daß du mir Lampen, den treuen,
Der mir die Briefe zu tragen pflegte, so schmählich getötet?
Hatt ich nicht alles vergeben, so viel du immer verbrochen?
Ränzel und Stab empfingst du von mir, so warst du versehen,
Solltest nach Rom und über das Meer; ich gönnte dir alles,
Und ich hoffte Beßrung von dir. Nun seh ich zum Anfang,
Wie du Lampen gemordet; es mußte Bellyn dir zum Boten
Dienen, der brachte das Haupt im Ränzel getragen und sagte
Öffentlich aus, er bringe mir Briefe, die ihr zusammen
Ausgedacht und geschrieben, er habe das Beste geraten.
Und im Ränzel fand sich das Haupt, nicht mehr und nicht minder.
Mir zum Hohne tatet ihr das. Bellynen behielt ich
Gleich zum Pfande, sein Leben verlor er; nun geht es an deines.

Reineke sagte: Was hör ich? Ist Lampe tot? und Bellynen
Find ich nicht mehr? Was wird nun aus mir? O wär ich gestorben!
Ach, mit beiden geht mir ein Schatz, der größte, verloren!
Denn ich sandt Euch durch sie Kleinode, welche nicht besser
Über der Erde sich finden. Wer sollte glauben, der Widder
Würde Lampen ermorden und Euch der Schätze berauben?
Hüte sich einer, wo niemand Gefahr und Tücke vermutet.

Zornig hörte der König nicht aus, was Reineke sagte,
Wandte sich weg nach seinem Gemach und hatte nicht deutlich
Reinekens Rede vernommen, er dacht ihn am Leben zu strafen;
Und er fand die Königin eben in seinem Gemache
Mit Frau Rückenau stehn. Es war die Äffin besonders
König und Königin lieb. Das sollte Reineken helfen.
Unterrichtet war sie und klug und wußte zu reden;
Wo sie erschien, sah jeder auf sie und ehrte sie höchlich.
Diese merkte des Königs Verdruß und sprach mit Bedachte:

Wenn Ihr, gnädiger Herr, auf meine Bitte zuweilen
Hörtet, gereut' es Euch nie, und Ihr vergabt mir die Kühnheit,
Wenn Ihr zürntet, ein Wort gelinder Meinung zu sagen.
Seid auch diesmal geneigt, mich anzuhören, betrifft es
Doch mein eignes Geschlecht! Wer kann die Seinen verleugnen?
Reineke, wie er auch sei, ist mein Verwandter, und soll ich,
Wie sein Betragen mir scheint, aufrichtig bekennen: ich denke,
Da er zu Rechte sich stellt, von seiner Sache das Beste.
Mußte sein Vater doch auch, den Euer Vater begünstigt,
Viel von losen Mäulern erdulden und falschen Verklägern!
Doch beschämt' er sie stets. Sobald man die Sache genauer
Untersuchte, fand es sich klar: die tückischen Neider
Suchten Verdienste sogar als schwere Verbrechen zu deuten.
So erhielt er sich immer in größerem Ansehn bei Hof, als
Braun und Isegrim jetzt: denn diesen wäre zu wünschen,
Daß sie alle Beschwerden auch zu beseitigen wüßten,
Die man häufig über sie hört; allein sie verstehen
Wenig vom Rechte, so zeigt es ihr Rat, so zeigt es ihr Leben.

Doch der König versetzte darauf: Wie kann es Euch wundern,
Daß ich Reineken gram bin, dem Diebe, der mir vor kurzem

Lampen getötet, Bellynen verführt und frecher als jemals
Alles leugnet und sich als treuen und redlichen Diener
Anzupreisen erkühnt, indessen alle zusammen
Laute Klagen erheben und nur zu deutlich beweisen,
Wie er mein sicher Geleite verletzt und wie er mit Stehlen,
Rauben und Morden das Land und meine Getreuen beschädigt.
Nein! ich duld es nicht länger! Dagegen sagte die Äffin:
Freilich ists nicht vielen gegeben, in jeglichen Fällen
Klug zu handeln und klug zu raten, und wem es gelinget,
Der erwirbt sich Vertrauen; allein es suchen die Neider
Ihm dagegen heimlich zu schaden, und werden sie zahlreich,
Treten sie öffentlich auf. So ist es Reineken mehrmals
Schon ergangen; doch werden sie nicht die Erinnrung vertilgen,
Wie er in Fällen Euch weise geraten, wenn alle verstummten.
Wißt Ihr noch? vor kurzem geschahs. Der Mann und die Schlange
Kamen vor Euch, und niemand verstund die Sache zu schlichten;
Aber Reineke fands, Ihr lobtet ihn damals vor allen.

Und der König versetzte nach kurzem Bedenken dagegen:
Ich erinnre der Sache mich wohl, doch hab ich vergessen,
Wie sie zusammenhing; sie war verworren, so dünkt mich.
Wißt Ihr sie noch, so laßt sie mich hören, es macht mir Vergnügen.
Und sie sagte: Befiehlt es mein Herr, so soll es geschehen.

Eben sinds zwei Jahre, da kam ein Lindwurm und klagte
Stürmisch, gnädiger Herr, vor Euch: es woll ihm ein Bauer
Nicht im Rechte sich fügen, ein Mann, den zweimal das Urteil
Nicht begünstigt. Er brachte den Bauer vor Euern Gerichtshof
Und erzählte die Sache mit vielen heftigen Worten.

Durch ein Loch im Zaune zu kriechen, gedachte die Schlange,
Fing sich aber im Stricke, der vor die Öffnung gelegt war;

Fester zog die Schlinge sich zu, sie hätte das Leben
Dort gelassen, da kam ihr zum Glück ein Wandrer gegangen.
Ängstlich rief sie: Erbarme dich meiner und mache mich ledig!
Laß dich erbitten! Da sagte der Mann: Ich will dich erlösen,
Denn mich jammert dein Elend; allein erst sollst du mir schwören,
Mir nichts Leides zu tun. Die Schlange fand sich erbötig,
Schwur den teuersten Eid: sie wolle auf keinerlei Weise
Ihren Befreier verletzen, und so erlöste der Mann sie.

Und sie gingen ein Weilchen zusammen, da fühlte die Schlange
Schmerzlichen Hunger, sie schoß auf den Mann und wollt ihn erwürgen,
Ihn verzehren; mit Angst und Not entsprang ihr der Arme.
Das ist mein Dank? das hab ich verdient? so rief er: und hast du
Nicht geschworen den teuersten Eid? Da sagte die Schlange:
Leider nötiget mich der Hunger, ich kann mir nicht helfen;
Not erkennt kein Gebot, und so besteht es zu Rechte.

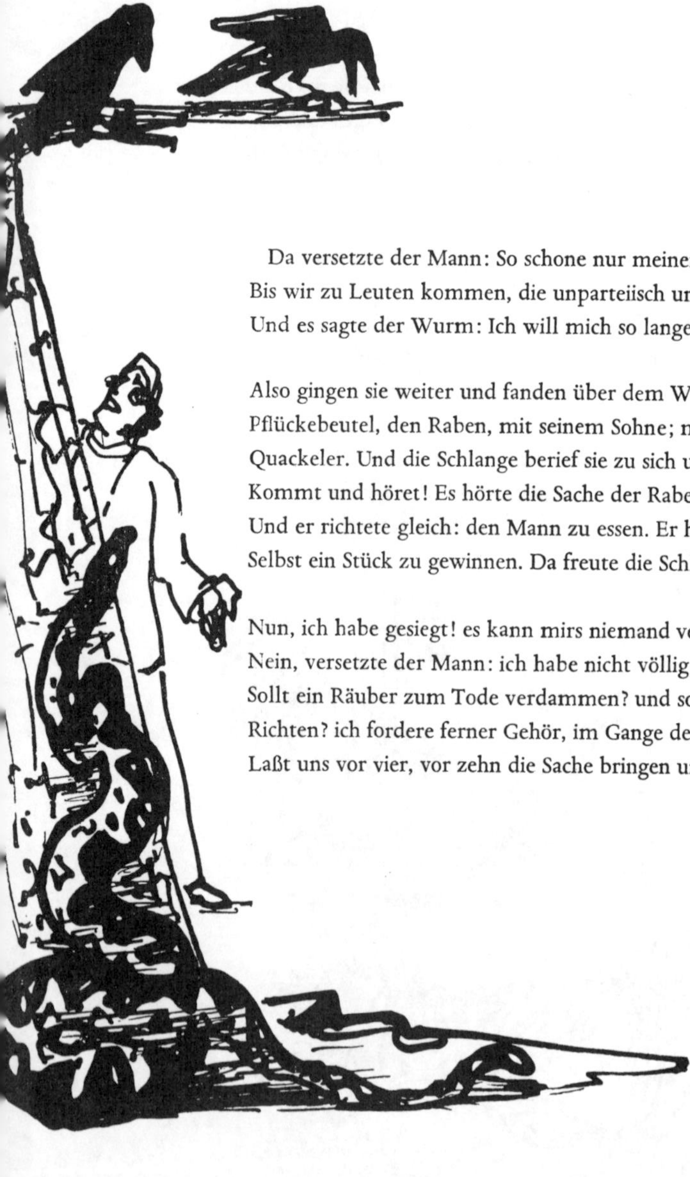

Da versetzte der Mann: So schone nur meiner so lange,
Bis wir zu Leuten kommen, die unparteiisch uns richten.
Und es sagte der Wurm: Ich will mich so lange gedulden.

Also gingen sie weiter und fanden über dem Wasser
Pflückebeutel, den Raben, mit seinem Sohne; man nennt ihn
Quackeler. Und die Schlange berief sie zu sich und sagte:
Kommt und höret! Es hörte die Sache der Rabe bedächtig,
Und er richtete gleich: den Mann zu essen. Er hoffte,
Selbst ein Stück zu gewinnen. Da freute die Schlange sich höchlich:
Nun, ich habe gesiegt! es kann mirs niemand verdenken.
Nein, versetzte der Mann: ich habe nicht völlig verloren;
Sollt ein Räuber zum Tode verdammen? und sollte nur Einer
Richten? ich fordere ferner Gehör, im Gange des Rechtes;
Laßt uns vor vier, vor zehn die Sache bringen und hören.

Gehn wir! sagte die Schlange. Sie gingen, und es begegnet'
Ihnen der Wolf und der Bär, und alle traten zusammen.
Alles befürchtete nun der Mann: denn zwischen den fünfen
War es gefährlich zu stehn und zwischen solchen Gesellen;
Ihn umringten die Schlange, der Wolf, der Bär und die Raben.
Bange war ihm genug: denn bald verglichen sich beide,
Wolf und Bär, das Urteil in dieser Maße zu fällen:

Töten dürfe die Schlange den Mann; der leidige Hunger
Kenne keine Gesetze, die Not entbinde vom Eidschwur.
Sorgen und Angst befielen den Wandrer, denn alle zusammen
Wollten sein Leben. Da schoß die Schlange mit grimmigem Zischen,
Spritzte Geifer auf ihn, und ängstlich sprang er zur Seite.
Großes Unrecht, rief er, begehst du! Wer hat dich zum Herren
Über mein Leben gemacht? Sie sprach: Du hast es vernommen;
Zweimal sprachen die Richter, und zweimal hast du verloren.
Ihr versetzte der Mann: Sie rauben selber und stehlen;
Ich erkenne sie nicht, wir wollen zum Könige gehen.
Mag er sprechen, ich füge mich drein; und wenn ich verliere,
Hab ich noch Übels genug, allein ich will es ertragen.

Spottend sagte der Wolf und der Bär: Du magst es versuchen,
Aber die Schlange gewinnt, sie wirds nicht besser begehren.
Denn sie dachten, es würden die sämtlichen Herren des Hofes
Sprechen wie sie, und gingen getrost und führten den Wandrer,
Kamen vor Euch, die Schlange, der Wolf, der Bär und die Raben.
Ja, selbdritt erschien der Wolf, er hatte zwei Kinder,
Eitelbauch hieß der eine, der andre Nimmersatt, beide
Machten dem Mann am meisten zu schaffen; sie waren gekommen,
Auch ihr Teil zu verzehren, denn sie sind immer begierig,
Heulten damals vor Euch mit unerträglicher Grobheit.
Ihr verbotet den Hof den beiden plumpen Gesellen.
Da berief sich der Mann auf Eure Gnaden, erzählte,
Wie ihn die Schlange zu töten gedenke, sie habe der Wohltat
Völlig vergessen, sie breche den Eid! So fleht' er um Rettung.
Aber die Schlange leugnete nicht: Es zwingt mich des Hungers
Allgewaltige Not, sie kennet keine Gesetze.

Gnädiger Herr, da wart Ihr bekümmert; es schien Euch die Sache
Gar bedenklich zu sein und rechtlich schwer zu entscheiden.
Denn es schien Euch hart, den guten Mann zu verdammen,
Der sich hilfreich bewiesen; allein Ihr dachtet dagegen

Auch des schmählichen Hungers. Und so berieft Ihr die Räte.
Leider war die Meinung der meisten dem Manne zum Nachteil;
Denn sie wünschten die Mahlzeit und dachten der Schlange zu helfen.
Doch Ihr sendetet Boten nach Reineken: alle die andern
Sprachen gar manches und konnten die Sache zu Rechte nicht scheiden.
Reineke kam und hörte den Vortrag. Ihr legtet das Urteil
Ihm in die Hände, und wie er es spräche, so sollt es geschehen.

Reineke sprach mit gutem Bedacht: Ich finde vor allem
Nötig, den Ort zu besuchen, und seh ich die Schlange gebunden,
Wie der Bauer sie fand, so wird das Urteil sich geben.
Und man band die Schlange von neuem an selbiger Stätte,
In der Maße, wie sie der Bauer im Zaune gefunden.

Reineke sagte darauf: Hier ist nun jedes von beiden
Wieder im vorigen Stand, und keines hat weder gewonnen,
Noch verloren; jetzt zeigt sich das Recht, so scheint mirs, von selber.
Denn beliebt es dem Manne, so mag er die Schlange noch einmal
Aus der Schlinge befrein; wo nicht, so läßt er sie hängen,
Frei, mit Ehren geht er die Straße nach seinen Geschäften.
Da sie untreu geworden, als sie die Wohltat empfangen,
Hat der Mann nun billig die Wahl. Das scheint mir des Rechtes
Wahrer Sinn! wers besser versteht, der laß es uns hören.

Damals gefiel Euch das Urteil und Euren Räten zusammen;
Reineke wurde gepriesen, der Bauer dankt' Euch, und jeder
Rühmte Reinekens Klugheit, ihn rühmte die Königin selber.
Vieles wurde gesprochen: im Kriege wären noch eher
Isegrim und Braun zu gebrauchen, man fürchte sie beide
Weit und breit, sie fänden sich gern, wo alles verzehrt wird.
Groß und stark und kühn sei jeder, man könn es nicht leugnen;
Doch im Rate fehle gar oft die nötige Klugheit:

Denn sie pflegen zu sehr auf ihre Stärke zu trotzen,
Kommt man ins Feld und naht sich dem Werke, da hinkt es gewaltig.
Mutiger kann man nichts sehn, als sie zu Hause sich zeigen;
Draußen liegen sie gern im Hinterhalt. Setzt es denn einmal
Tüchtige Schläge, so nimmt man sie mit, so gut als ein andrer.
Bären und Wölfe verderben das Land; es kümmert sie wenig,
Wessen Haus die Flamme verzehrt, sie pflegen sich immer
An den Kohlen zu wärmen, und sie erbarmen sich keines,
Wenn ihr Kropf sich nur füllt. Man schlürft die Eier hinunter,
Läßt den Armen die Schalen und glaubt noch redlich zu teilen.
Reineke Fuchs mit seinem Geschlecht versteht sich dagegen
Wohl auf Weisheit und Rat, und hat er nun etwas versehen,
Gnädiger Herr, so ist er kein Stein. Doch wird Euch ein andrer
Niemals besser beraten. Darum verzeiht ihm, ich bitte!

Da versetzte der König: Ich will es bedenken. Das Urteil
Ward gesprochen, wie Ihr erzählt, es büßte die Schlange.
Doch von Grund aus bleibt er ein Schalk, wie sollt er sich bessern?
Macht man ein Bündnis mit ihm, so bleibt man am Ende betrogen;
Denn er dreht sich so listig heraus, wer ist ihm gewachsen?
Wolf und Bär und Kater, Kaninchen und Krähe, sie sind ihm
Nicht behende genug, er bringt sie in Schaden und Schande.
Diesem behielt er ein Ohr, dem andern das Auge, das Leben
Raubt' er dem dritten! Fürwahr, ich weiß nicht, wie Ihr dem Bösen
So zu Gunsten sprecht und seine Sache verteidigt.
Gnädiger Herr, versetzte die Äffin, ich kann es nicht bergen,
Sein Geschlecht ist edel und groß. Ihr mögt es bedenken.

Da erhub sich der König, herauszutreten, es stunden
Alle zusammen und warteten sein. Er sah in dem Kreise
Viele von Reinekens nächsten Verwandten, sie waren gekommen,
Ihren Vetter zu schützen, sie wären schwerlich zu nennen.

Und er sah das große Geschlecht, er sah auf der andern
Seite Reinekens Feinde: es schien der Hof sich zu teilen.

Da begann der König: So höre mich, Reineke! Kannst du
Solchen Frevel entschuldgen, daß du mit Hilfe Bellynens
Meinen frommen Lampe getötet? und daß ihr Verwegnen
Mir sein Haupt ins Ränzel gesteckt, als wären es Briefe?
Mich zu höhnen, tatet ihr das! ich habe den einen
Schon bestraft, es büßte Bellyn; erwarte das gleiche.

Weh mir! sagte Reineke drauf: o wär ich gestorben!
Höret mich an, und wie es sich findet, so mag es geschehen:
Bin ich schuldig, so tötet mich gleich, ich werde doch nimmer
Aus der Not und Sorge mich retten, ich bleibe verloren.
Denn der Verräter Bellyn, er unterschlug mir die größten
Schätze, kein Sterblicher hat dergleichen jemals gesehen.
Ach, sie kosten Lampen das Leben! Ich hatte sie beiden
Anvertraut, nun raubte Bellyn die köstlichen Sachen.
Ließen sie sich doch wieder erforschen! Allein ich befürchte,
Niemand findet sie mehr, sie bleiben auf immer verloren.

Aber die Äffin versetzte darauf: Wer wollte verzweifeln?
Sind sie nur über der Erde, so ist noch Hoffnung zu schöpfen.
Früh und späte wollen wir gehn und Laien und Pfaffen
Emsig fragen; doch zeiget uns an, wie waren die Schätze?

Reineke sagte: Sie waren so köstlich, wir finden sie nimmer;
Wer sie besitzt, verwahrt sie gewiß. Wie wird sich darüber
Nicht Frau Ermelyn quälen! sie wird mirs niemals verzeihen.
Denn sie mißriet mir, den beiden das köstliche Kleinod zu geben.
Nun erfindet man Lügen auf mich und will mich verklagen!
Doch ich verfechte mein Recht, erwarte das Urteil, und werd ich
Losgesprochen, so reis ich umher durch Länder und Reiche,
Suche die Schätze zu schaffen, und sollt ich mein Leben verlieren.

Zehnter Gesang

O mein König! sagte darauf der listige Redner:
Laßt mich, edelster Fürst, vor meinen Freunden erzählen,
Was Euch alles von mir an köstlichen Dingen bestimmt war.
Habt Ihr sie gleich nicht erhalten, so war mein Wille doch löblich.
Sage nur an, versetzte der König: und kürze die Worte.

Glück und Ehre sind hin! Ihr werdet alles erfahren,
Sagte Reineke traurig. Das erste köstliche Kleinod
War ein Ring; ich gab ihn Bellynen, er sollt ihn dem König
Überliefern. Es war auf wunderbarliche Weise
Dieser Ring zusammengesetzt und würdig, im Schatze
Meines Fürsten zu glänzen, aus feinem Golde gebildet.
Auf der inneren Seite, die nach dem Finger sich kehret,
Standen Lettern gegraben und eingeschmolzen; es waren
Drei hebräische Worte von ganz besonderer Deutung.
Niemand erklärte so leicht in diesen Landen die Züge,
Meister Abryon nur von Trier, der konnte sie lesen.
Es ist ein Jude, gelehrt, und alle Zungen und Sprachen

Kennt er, die von Poitou bis Lüneburg werden gesprochen;
Und auf Kräuter und Steine versteht sich der Jude besonders.

Als ich den Ring ihm gezeigt, da sagt' er: Köstliche Dinge
Sind hierinnen verborgen. Die drei gegrabenen Namen
Brachte Seth, der Fromme, vom Paradiese hernieder,
Als er das Öl der Barmherzigkeit suchte; und wer ihn am Finger
Trägt, der findet sich frei von allen Gefahren: es werden
Weder Donner, noch Blitz, noch Zauberei ihn verletzen.
Ferner sagte der Meister: er habe gelesen, es könne,
Wer den Ring am Finger bewahrt, in grimmiger Kälte
Nicht erfrieren; er lebe gewiß ein ruhiges Alter.
Außen stand ein Edelgestein, ein heller Karfunkel,
Dieser leuchtete nachts und zeigte deutlich die Sachen.
Viele Kräfte hatte der Stein: er heilte die Kranken,
Wer ihn berührte, fühlte sich frei von allen Gebrechen,
Aller Bedrängnis, nur ließ sich der Tod allein nicht bezwingen.
Weiter entdeckte der Meister des Steines herrliche Kräfte:
Glücklich reist der Besitzer durch alle Lande, ihm schadet
Weder Wasser, noch Feuer; gefangen oder verraten
Kann er nicht werden, und jeder Gewalt des Feindes entgeht er.
Und besieht er nüchtern den Stein, so wird er im Kampfe
Hundert überwinden und mehr. Die Tugend des Steines
Nimmt dem Gifte die Wirkung und allen schädlichen Säften.
Ebenso vertilgt sie den Haß, und sollte gleich mancher
Den Besitzer nicht lieben, er fühlt sich in kurzem verändert.

Wer vermöchte die Kräfte des Steines alle zu zählen,
Den ich im Schatze des Vaters gefunden und den ich dem König
Nun zu senden gedachte? Denn solches köstlichen Ringes
War ich nicht wert, ich wußt es recht wohl; er sollte dem Einen,
Der von allen der Edelste bleibt, so dacht ich, gehören:

Unser Wohl beruht nur auf ihm und unser Vermögen,
Und ich hoffte, sein Leben vor allem Übel zu schützen.

Ferner sollte Widder Bellyn der Königin gleichfalls
Kamm und Spiegel verehren, damit sie meiner gedächte.
Diese hatt ich einmal zur Lust vom Schatze des Vaters
Zu mir genommen, es fand sich auf Erden kein schöneres Kunstwerk.
O wie oft versucht' es mein Weib und wollte sie haben!
Sie verlangte nichts weiter von allen Gütern der Erde,
Und wir stritten darum; sie konnte mich niemals bewegen.
Doch nun sendet ich Spiegel und Kamm mit gutem Bedachte
Meiner gnädigen Frauen, der Königin, welche mir immer
Große Wohltat erwies und mich vor Übel beschirmte;
Öfters hat sie für mich ein günstiges Wörtchen gesprochen,
Edel ist sie, von hoher Geburt, es ziert sie die Tugend,
Und ihr altes Geschlecht bewährt sich in Worten und Werken;
Würdig war sie des Spiegels und Kammes! die hat sie nun leider
Nicht mit Augen gesehn, sie bleiben auf immer verloren.

Nun vom Kamme zu reden. Zu diesem hatte der Künstler
Pantherknochen genommen, die Reste des edlen Geschöpfes.
Zwischen Indien wohnt es und zwischen dem Paradiese,
Allerlei Farben zieren sein Fell, und süße Gerüche
Breiten sich aus, wohin es sich wendet, darum auch die Tiere
Seine Fährte so gern auf allen Wegen verfolgen;
Denn sie werden gesund von diesem Geruche, das fühlen
Und bekennen sie alle. Von solchen Knochen und Beinen
War der zierliche Kamm mit vielem Fleiße gebildet,
Klar wie Silber und weiß, von unaussprechlicher Reinheit,
Und des Kammes Geruch ging über Nelken und Zimmet.
Stirbt das Tier, so fährt der Geruch in alle Gebeine,
Bleibt beständig darin und läßt sie nimmer verwesen,
Alle Seuche treibt er hinweg und alle Vergiftung.

Ferner sah man die köstlichsten Bilder am Rücken des Kammes
Hocherhaben, durchflochten mit goldenen zierlichen Ranken
Und mit rot- und blauer Lasur. Im mittelsten Felde

War die Geschichte künstlich gebildet, wie Paris von Troja
Eines Tages am Brunnen saß, drei göttliche Frauen
Vor sich sah, man nannte sie Pallas und Juno und Venus.
Lange stritten sie erst, denn jegliche wollte den Apfel
Gerne besitzen, der ihnen bisher zusammen gehörte;
Endlich verglichen sie sich: es solle den goldenen Apfel
Paris der Schönsten bestimmen, sie sollt allein ihn behalten.

Und der Jüngling beschaute sie wohl mit gutem Bedachte.
Juno sagte zu ihm: Erhalt ich den Apfel, erkennst du
Mich für die Schönste, so wirst du der erste vor allen an Reichtum.
Pallas versetzte: Bedenke dich wohl und gib mir den Apfel,

Und du wirst der mächtigste Mann; es fürchten dich alle,
Wird dein Name genannt, so Feind als Freunde zusammen.
Venus sprach: Was soll die Gewalt? was sollen die Schätze?
Ist dein Vater nicht König Priamus? deine Gebrüder,
Hektor und andre, sind sie nicht reich und mächtig im Lande?
Ist nicht Troja geschützt von seinem Heere? und habt ihr
Nicht umher das Land bezwungen und fernere Völker?
Wirst du die Schönste mich preisen und mir den Apfel erteilen,
Sollst du des herrlichsten Schatzes auf dieser Erde dich freuen.
Dieser Schatz ist ein treffliches Weib, die Schönste von allen,
Tugendsam, edel und weise, wer könnte würdig sie loben?
Gib mir den Apfel, du sollst des griechischen Königs Gemahlin,
Helena mein ich, die schöne, den Schatz der Schätze, besitzen.

Und er gab ihr den Apfel und pries sie vor allen die Schönste.
Aber sie half ihm dagegen die schöne Königin rauben,
Menelaus' Gemahlin, sie ward in Troja die Seine.
Diese Geschichte sah man erhaben im mittelsten Felde.
Und es waren Schilder umher mit künstlichen Schriften;
Jeder durfte nur lesen, und so verstand er die Fabel.

Höret nun weiter vom Spiegel! daran die Stelle des Glases
Ein Beryll vertrat von großer Klarheit und Schönheit;
Alles zeigte sich drin, und wenn es meilenweit vorging,
War es Tag oder Nacht. Und hatte jemand im Antlitz
Einen Fehler, wie er auch war, ein Fleckchen im Auge,
Durft er sich nur im Spiegel besehn, so gingen von Stund an
Alle Mängel hinweg und alle fremden Gebrechen.
Ists ein Wunder, daß mich es verdrießt, den Spiegel zu missen?
Und es war ein köstliches Holz zur Fassung der Tafel,
Sethym heißt es, genommen, von festem, glänzendem Wuchse;
Keine Würmer stechen es an und wird auch, wie billig,
Höher gehalten als Gold, nur Ebenholz kommt ihm am nächsten.

Denn aus diesem verfertigt' einmal ein trefflicher Künstler
Unter König Krompardes ein Pferd von seltnem Vermögen:
Eine Stunde brauchte der Reiter und mehr nicht zu hundert
Meilen. Ich könnte die Sache für jetzt nicht gründlich erzählen,
Denn es fand sich kein ähnliches Roß, solange die Welt steht.

Anderthalb Fuß war rings die ganze Breite des Rahmens
Um die Tafel herum, geziert mit künstlichem Schnitzwerk,
Und mit goldenen Lettern stand unter jeglichem Bilde,
Wie sichs gehört, die Bedeutung geschrieben. Ich will die Geschichten
Kürzlich erzählen. Die erste war von dem neidischen Pferde:
Um die Wette gedacht es mit einem Hirsche zu laufen,
Aber hinter ihm blieb es zurück, das schmerzte gewaltig;
Und es eilte darauf, mit einem Hirten zu reden,
Sprach: Du findest dein Glück, wenn du mir eilig gehorchest.
Setze dich auf, ich bringe dich hin, es hat sich vor kurzem
Dort ein Hirsch im Walde verborgen, den sollst du gewinnen;
Fleisch und Haut und Geweih, du magst sie teuer verkaufen,
Setze dich auf, wir wollen ihm nach! – Das will ich wohl wagen!
Sagte der Hirt und setzte sich auf, sie eilten von dannen.
Und sie erblickten den Hirsch in kurzem, folgten behende
Seiner Spur und jagten ihm nach. Er hatte den Vorsprung,
Und es ward dem Pferde zu sauer, da sagt' es zum Manne:
Sitze was ab, ich bin müde geworden, der Ruhe bedarf ich.
Nein! wahrhaftig, versetzte der Mann: du sollst mir gehorchen,
Meine Sporen sollst du empfinden, du hast mich ja selber
Zu dem Ritte gebracht; und so bezwang es der Reiter.
Seht, so lohnet sich der mit vielem Bösen, der, andern
Schaden zu bringen, sich selbst mit Pein und Übel beladet.

Ferner zeig ich Euch an, was auf dem Spiegel gebildet
Stand: Wie ein Esel und Hund bei einem Reichen in Diensten

Beide gewesen! so war denn der Hund nun freilich der Liebling,
Denn er saß beim Tische des Herrn und aß mit demselben
Fisch und Fleisch und ruhte wohl auch im Schoße des Gönners,
Der ihm das beste Brot zu reichen pflegte; dagegen
Wedelte mit dem Schwanze der Hund und leckte den Herren.

Boldewyn sah das Glück des Hundes, und traurig im Herzen
Ward der Esel und sagte bei sich: Wo denkt doch der Herr hin,
Daß er dem faulen Geschöpfe so äußerst freundlich begegnet?

Springt das Tier nicht auf ihm herum und leckt ihn am Barte!
Und ich muß die Arbeit verrichten und schleppe die Säcke.
Er probier es einmal und tu mit fünf, ja mit zehen
Hunden im Jahre so viel, als ich des Monats verrichte!
Und doch wird ihm das Beste gereicht, mich speist man mit Stroh ab,
Läßt auf der harten Erde mich liegen, und wo man mich hintreibt
Oder reitet, spottet man meiner. Ich kann und ich will es
Länger nicht dulden, will auch des Herren Gunst mir erwerben.

Als er so sprach, kam eben sein Herr die Straße gegangen;
Da erhub der Esel den Schwanz und bäumte sich springend
Über den Herren und schrie und sang und plärrte gewaltig,
Leckt' ihm den Bart und wollte nach Art und Weise des Hundes
An die Wange sich schmiegen und stieß ihm einige Beulen.
Ängstlich entsprang ihm der Herr und rief: O! fangt mir den Esel,
Schlagt ihn tot! Es kamen die Knechte, da regnet' es Prügel,
Nach dem Stalle trieb man ihn fort: da blieb er ein Esel.

Mancher findet sich noch von seinem Geschlechte, der andern
Ihre Wohlfahrt mißgönnt und sich nicht besser befindet.
Kommt dann aber einmal so einer in reichlichen Zustand,
Schickt sichs grad, als äße das Schwein mit Löffeln die Suppe,
Nicht viel besser fürwahr. Der Esel trage die Säcke,
Habe Stroh zum Lager und finde Disteln zur Nahrung.
Will man ihn anders behandeln, so bleibt es doch immer beim alten.
Wo ein Esel zur Herrschaft gelangt, kanns wenig gedeihen,
Ihren Vorteil suchen sie wohl, was kümmert sie weiter?

Ferner sollt Ihr erfahren, mein König, und laßt Euch die Rede
Nicht verdrießen, es stand noch auf dem Rahmen des Spiegels
Schön gebildet und deutlich beschrieben, wie ehmals mein Vater
Sich mit Hinzen verbündet, auf Abenteuer zu ziehen,
Und wie beide heilig geschworen, in allen Gefahren

Tapfer zusammenzuhalten und jede Beute zu teilen.
Als sie nun vorwärtszogen, bemerkten sie Jäger und Hunde
Nicht gar ferne vom Wege; da sagte Hinze, der Kater:
Guter Rat scheint teuer zu werden! Mein Alter versetzte:
Wunderlich sieht es wohl aus, doch hab ich mit herrlichem Rate
Meinen Sack noch gefüllt, und wir gedenken des Eides,
Halten wacker zusammen, das bleibt vor allem das erste.
Hinze sagte dagegen: Es gehe, wie es auch wolle,
Bleibt mir doch ein Mittel bekannt, das denk ich zu brauchen.
Und so sprang er behend auf einen Baum, sich zu retten
Vor der Hunde Gewalt, und so verließ er den Oheim.
Ängstlich stand mein Vater nun da; es kamen die Jäger.
Hinze sprach: Nun, Oheim? Wie stehts? so öffnet den Sack doch!
Ist er voll Rates, so braucht ihn doch jetzt, die Zeit ist gekommen.
Und die Jäger bliesen das Horn und riefen einander.
Lief mein Vater, so liefen die Hunde, sie folgten mit Bellen,
Und er schwitzte vor Angst, und häufige Losung entfiel ihm;
Leichter fand er sich da, und so entging er den Feinden.

Schändlich, Ihr habt es gehört, verriet ihn der nächste Verwandte,
Dem er sich doch am meisten vertraut. Es ging ihm ans Leben,
Denn die Hunde waren zu schnell, und hätt er nicht eilig

Einer Höhle sich wieder erinnert, so war es geschehen;
Aber da schlupft' er hinein, und ihn verloren die Feinde.
Solcher Bursche gibt es noch viel, wie Hinze sich damals
Gegen den Vater bewies: wie sollt ich ihn lieben und ehren?
Halb zwar hab ichs vergeben, doch bleibt noch etwas zurücke.
All dies war auf dem Spiegel geschnitten mit Bildern und Worten.

Ferner sah man daselbst ein eignes Stückchen vom Wolfe,
Wie er zu danken bereit ist für Gutes, das er empfangen.
Auf dem Anger fand er ein Pferd, woran nur die Knochen
Übrig waren; doch hungert' ihn sehr, er nagte sie gierig,
Und es kam ihm ein spitziges Bein die Quer in den Kragen;
Ängstlich stellt' er sich an, es war ihm übel geraten.
Boten auf Boten sendet' er fort, die Ärzte zu rufen;
Niemand vermochte zu helfen, wiewohl er große Belohnung
Allen geboten. Da meldete sich am Ende der Kranich,
Mit dem roten Barett auf dem Haupt. Ihm flehte der Kranke:
Doktor, helft mir geschwind von diesen Nöten! ich geb Euch,
Bringt Ihr den Knochen heraus, soviel Ihr immer begehret.

Also glaubte der Kranich den Worten und steckte den Schnabel
Mit dem Haupt in den Rachen des Wolfes und holte den Knochen.
Weh mir! heulte der Wolf: du tust mir Schaden! es schmerzet!

Laß es nicht wieder geschehn! Für heute sei es vergeben.
Wär es ein andrer, ich hätte das nicht geduldig gelitten.
Gebt Euch zufrieden, versetzte der Kranich: Ihr seid nun genesen;
Gebt mir den Lohn, ich hab ihn verdient, ich hab Euch geholfen.
Höret den Gecken! sagte der Wolf: ich habe das Übel,
Er verlangt die Belohnung und hat die Gnade vergessen,
Die ich ihm eben erwies. Hab ich ihm Schnabel und Schädel,
Den ich im Munde gefühlt, nicht unbeschädigt entlassen?
Hat mir der Schäker nicht Schmerzen gemacht? Ich könnte wahrhaftig,
Ist von Belohnung die Rede, sie selbst am ersten verlangen.
Also pflegen die Schälke mit ihren Knechten zu handeln.

Diese Geschichten und mehr verzierten, künstlich geschnitten,
Rings die Fassung des Spiegels und mancher gegrabene Zierat,
Manche goldene Schrift. Ich hielt des köstlichen Kleinods
Mich nicht wert, ich bin zu gering, und sandt es deswegen
Meiner Frauen, der Königin, zu. Ich dachte durch solches
Ihr und ihrem Gemahl mich ehrerbietig zu zeigen.
Meine Kinder betrübten sich sehr, die artigen Knaben,
Als ich den Spiegel dahingab. Sie sprangen gewöhnlich und spielten
Vor dem Glase, beschauten sich gern, sie sahen die Schwänzchen
Hängen vom Rücken herab und lachten den eigenen Mäulchen.
Leider vermutet ich nicht den Tod des ehrlichen Lampe,
Da ich ihm und Bellyn auf Treu und Glauben die Schätze
Heilig empfahl; ich hielt sie beide für redliche Leute,
Keine besseren Freunde gedacht ich jemals zu haben.
Wehe sei über den Mörder gerufen! Ich will es erfahren,
Wer die Schätze verborgen, es bleibt kein Mörder verhohlen.
Wüßte doch ein und andrer vielleicht im Kreis hier zu sagen,
Wo die Schätze geblieben und wie man Lampen getötet!

Seht, mein gnädiger König, es kommen täglich so viele
Wichtige Sachen vor Euch, Ihr könnt nicht alles behalten;

Doch vielleicht gedenket Ihr noch des herrlichen Dienstes,
Den mein Vater dem Euren an dieser Stätte bewiesen.
Krank lag Euer Vater, sein Leben rettete meiner,
Und doch sagt Ihr, ich habe noch nie, es habe mein Vater
Euch nichts Gutes erzeigt. Beliebt, mich weiter zu hören.
Sei es mit Eurer Erlaubnis gesagt: es fand sich am Hofe
Eures Vaters der meine bei großen Würden und Ehren
Als erfahrener Arzt. Er wußte das Wasser des Kranken
Klug zu besehn; er half der Natur; was immer den Augen,
Was den edelsten Gliedern gebrach, gelang ihm zu heilen;
Kannte wohl die emetischen Kräfte, verstand auch daneben
Auf die Zähne sich gut und holte die schmerzenden spielend.
Gerne glaub ich, Ihr habt es vergessen; es wäre kein Wunder,
Denn drei Jahre hattet Ihr nur. Es legte sich damals
Euer Vater im Winter mit großen Schmerzen zu Bette,
Ja, man mußt ihn heben und tragen. Da ließ er die Ärzte
Zwischen hier und Rom zusammenberufen, und alle
Gaben ihn auf; er schickte zuletzt, man holte den Alten;
Dieser hörte die Not und sah die gefährliche Krankheit.

Meinen Vater jammert' es sehr, er sagte: Mein König,
Gnädiger Herr, ich setzte, wie gern! mein eigenes Leben,
Könnt ich Euch retten, daran! Doch laßt im Glase mich Euer
Wasser besehn. Der König befolgte die Worte des Vaters,

Aber klagte dabei, es werde je länger, je schlimmer.
Auf dem Spiegel war es gebildet, wie glücklich zur Stunde
Euer Vater genesen. Denn meiner sagte bedächtig:
Wenn Ihr Gesundheit verlangt, entschließt Euch ohne Versäumnis,
Eines Wolfes Leber zu speisen, doch sollte derselbe
Sieben Jahre zum wenigsten haben; die müßt Ihr verzehren.
Sparen dürft Ihr mir nicht, denn Euer Leben betrifft es.
Euer Wasser zeuget nur Blut, entschließt Euch geschwinde!

In dem Kreise befand sich der Wolf und hört' es nicht gerne.
Euer Vater sagte darauf: Ihr habt es vernommen,
Höret, Herr Wolf, Ihr werdet mir nicht zu meiner Genesung
Eure Leber verweigern. Der Wolf versetzte dagegen:

Nicht fünf Jahre bin ich geboren! was kann sie Euch nutzen?
Eitles Geschwätz! versetzte mein Vater: es soll uns nicht hindern,
An der Leber seh ich das gleich. Es mußte zur Stelle
Nach der Küche der Wolf, und brauchbar fand sich die Leber.
Euer Vater verzehrte sie stracks. Zur selbigen Stunde
War er von aller Krankheit befreit und allen Gebrechen.

Meinem Vater dankt' er genug, es mußt ihn ein jeder
Doktor heißen am Hofe, man durft es niemals vergessen.

Also ging mein Vater beständig dem König zur Rechten.
Euer Vater verehrt' ihm hernach, ich weiß es am besten,
Eine goldene Spange mit einem roten Barette,
Sie vor allen Herren zu tragen; so haben ihn alle
Hoch in Ehren gehalten. Es hat sich aber mit seinem
Sohne leider geändert, und an die Tugend des Vaters
Wird nicht weiter gedacht. Die allergierigsten Schälke
Werden erhoben, und Nutz und Gewinn bedenkt man alleine,
Recht und Weisheit stehen zurück. Es werden die Diener
Große Herren, das muß der Arme gewöhnlich entgelten.
Hat ein solcher Macht und Gewalt, so schlägt er nur blindlings
Unter die Leute, gedenket nicht mehr, woher er gekommen;
Seinen Vorteil gedenkt er aus allem Spiele zu nehmen.
Um die Großen finden sich viele von diesem Gelichter.
Keine Bitte hören sie je, wozu nicht die Gabe
Gleich sich reichlich gesellt, und wenn sie die Leute bescheiden,
Heißt es: Bringt nur! und bringt! zum ersten, zweiten und dritten.

Solche gierige Wölfe behalten köstliche Bissen
Gerne für sich, und wär es zu tun, mit kleinem Verluste
Ihres Herren Leben zu retten, sie trügen Bedenken.
Wollte der Wolf doch die Leber nicht lassen, dem König zu dienen!
Und was Leber! Ich sag es heraus! Es möchten auch zwanzig
Wölfe das Leben verlieren, behielte der König und seine
Teure Gemahlin das ihre, so wär es weniger schade.
Denn ein schlechter Same, was kann er Gutes erzeugen?
Was in Eurer Jugend geschah, Ihr habt es vergessen;
Aber ich weiß es genau, als wär es gestern geschehen.
Auf dem Spiegel stand die Geschichte, so wollt es mein Vater;

Edelsteine zierten das Werk und goldene Ranken.
Könnt ich den Spiegel erfragen, ich wagte Vermögen und Leben.

Reineke, sagte der König: die Rede hab ich verstanden,
Habe die Worte gehört und was du alles erzähltest.
War dein Vater so groß hier am Hofe und hat er so viele
Nützliche Taten getan, das mag wohl lange schon her sein.
Ich erinnre michs nicht, auch hat mirs niemand berichtet.
Eure Händel dagegen, die kommen mir öfters zu Ohren,
Immer seid Ihr im Spiele, so hör ich wenigstens sagen;
Tun sie Euch unrecht damit, und sind es alte Geschichten,
Möcht ich einmal was Gutes vernehmen; es findet sich selten.

Herr, versetzte Reineke drauf: ich darf mich hierüber
Wohl erklären vor Euch, denn mich betrifft ja die Sache.
Gutes hab ich Euch selber getan! es sei Euch nicht etwa
Vorgeworfen; behüte mich Gott! ich erkenne mich schuldig,
Euch zu leisten, soviel ich vermag. Ihr habt die Geschichte
Ganz gewiß nicht vergessen. Ich war mit Isegrim glücklich
Einst ein Schwein zu erjagen, es schrie, wir bissen es nieder;

Und Ihr kamt und klagtet so sehr und sagtet: es käme
Eure Frau noch hinter Euch drein, und teilte nur jemand
Wenige Speise mit Euch, so wär euch beiden geholfen.
Gebet von eurem Gewinne was ab! so sagtet Ihr damals.
Isegrim sagte wohl: Ja! doch murmelt' er unter dem Barte,
Daß man kaum es verstand. Ich aber sagte dagegen:
Herr! es ist Euch gegönnt, und wärens der Schweine die Menge.
Sagt, wer soll es verteilen? Der Wolf! versetztet Ihr wieder.
Isegrim freute sich sehr; er teilte, wie er gewohnt war,
Ohne Scham und Scheu und gab Euch eben ein Vierteil,
Eurer Frauen das andre, und er fiel über die Hälfte,
Schlang begierig hinein und reichte mir außer den Ohren
Nur die Nase noch hin und eine Hälfte der Lunge;
Alles andre behielt er für sich, Ihr habt es gesehen.
Wenig Edelmut zeigt' er uns da. Ihr wißt es, mein König!
Euer Teil verzehrtet Ihr bald, doch merkt ich, Ihr hattet
Nicht den Hunger gestillt, nur Isegrim wollt es nicht sehen,
Aß und kaute so fort und bot Euch nicht das geringste.
Aber da traft Ihr ihn auch mit Euren Tatzen gewaltig
Hinter die Ohren, verschobt ihm das Fell, mit blutiger Glatze

Lief er davon, mit Beulen am Kopf, und heulte vor Schmerzen.
Und Ihr rieft ihm noch zu: Komm wieder, lerne dich schämen!
Teilst du wieder, so triff mirs besser, sonst will ich dirs zeigen.
Jetzt mach eilig dich fort und bring uns ferner zu essen!
Herr! gebietet Ihr das? versetzt ich: so will ich ihm folgen,
Und ich weiß, ich hole schon was. Ihr wart es zufrieden.
Ungeschickt hielt sich Isegrim damals, er blutete, seufzte,
Klagte mir vor; doch trieb ich ihn an, wir jagten zusammen,
Fingen ein Kalb! Ihr liebt Euch die Speise. Und als wir es brachten,
Fand sichs fett; Ihr lachtet dazu und sagtet zu meinem
Lobe manch freundliches Wort; ich wäre, meintet Ihr, trefflich
Auszusenden zur Stunde der Not, und sagtet daneben:

Teile das Kalb! Da sprach ich: Die Hälfte gehöret schon Euer!
Und die Hälfte gehört der Königin; was sich im Leibe
Findet, als Herz und Leber und Lunge, gehöret, wie billig,
Euern Kindern; ich nehme die Füße, die lieb ich zu nagen,
Und das Haupt behalte der Wolf, die köstliche Speise.

Als Ihr die Rede vernommen, versetztet Ihr: Sage! wer hat dich
So nach Hofart teilen gelehrt? ich möcht es erfahren.
Da versetzt ich: Mein Lehrer ist nah, denn dieser mit rotem
Kopfe, mit blutiger Glatze, hat mir das Verständnis geöffnet.
Ich bemerkte genau, wie er heut frühe das Ferkel

Teilte, da lernt ich den Sinn von solcher Teilung begreifen;
Kalb oder Schwein, ich find es nun leicht und werde nicht fehlen.

Schaden und Schande befiel den Wolf und seine Begierde.
Seinesgleichen gibt es genug! Sie schlingen der Güter
Reichliche Früchte zusamt den Untersassen hinunter.
Alles Wohl zerstören sie leicht, und keine Verschonung
Ist zu erwarten, und wehe dem Lande, das selbige nähret!

Seht! Herr König, so hab ich Euch oft in Ehren gehalten.
Alles, was ich besitze und was ich nur immer gewinne,
Alles widm ich Euch gern und Eurer Königin; sei es
Wenig oder auch viel, Ihr nehmt das meiste von allem.
Wenn Ihr des Kalbes und Schweines gedenkt, so merkt Ihr die Wahrheit,
Wo die rechte Treue sich findet. Und dürfte wohl etwa
Isegrim sich mit Reineken messen? Doch leider im Ansehn
Steht der Wolf als oberster Vogt, und alle bedrängt er.
Euren Vorteil besorgt er nicht sehr; zum halben und ganzen
Weiß er den seinen zu fördern. So führt er freilich mit Braunen
Nun das Wort, und Reinekens Rede wird wenig geachtet.

Herr! es ist wahr, man hat mich verklagt, ich werde nicht weichen,
Denn ich muß nun hindurch, und also sei es gesprochen:
Ist hier einer, der glaubt zu beweisen, so komm er mit Zeugen,
Halte sich fest an die Sache und setze gerichtlich zum Pfande
Sein Vermögen, sein Ohr, sein Leben, wenn er verlöre,
Und ich setze das gleiche dagegen: so hat es zu Rechte
Stets gegolten, so halte mans noch, und alle die Sache,
Wie man sie für und wider gesprochen, sie werde getreulich
Solcherweise geführt und gerichtet; ich darf es verlangen!

Wie es auch sei, versetzte der König: am Wege des Rechtes
Will und kann ich nicht schmälern, ich hab es auch niemals gelitten,

Groß ist zwar der Verdacht, du habest an Lampens Ermordung
Teilgenommen, des redlichen Boten! ich liebt ihn besonders
Und verlor ihn nicht gern, betrübte mich über die Maßen,
Als man sein blutiges Haupt aus deinem Ränzel herauszog;
Auf der Stelle büßt' es Bellyn, der böse Begleiter,
Und du magst die Sache nun weiter gerichtlich verfechten.
Was mich selber betrifft, vergeb ich Reineken alles,
Denn er hielt sich zu mir in manchen bedenklichen Fällen.
Hätte weiter jemand zu klagen, wir wollen ihn hören:
Stell er unbescholtene Zeugen und bringe die Klage
Gegen Reineken ordentlich vor, hier steht er zu Rechte!

Reineke sagte: Gnädiger Herr! ich danke zum besten.
Jeden hört Ihr, und jeder genießt die Wohltat des Rechtes.
Laßt mich heilig beteuern, mit welchem traurigen Herzen
Ich Bellyn und Lampen entließ: mir ahnete, glaub ich,
Was den beiden sollte geschehn, ich liebte sie zärtlich.

So staffierte Reineke klug Erzählung und Worte.
Jedermann glaubt' ihm; er hatte die Schätze so zierlich beschrieben,
Sich so ernstlich betragen, er schien die Wahrheit zu reden;
Ja, man sucht' ihn zu trösten. Und so betrog er den König,
Dem die Schätze gefielen: er hätte sie gerne besessen,
Sagte zu Reineken: Gebt Euch zufrieden, Ihr reiset und suchet
Weit und breit, das Verlorne zu finden, das mögliche tut Ihr;
Wenn Ihr meiner Hilfe bedürft, sie steht Euch zu Diensten.

Dankbar, sagte Reineke drauf, erkenn ich die Gnade;
Diese Worte richten mich auf und lassen mich hoffen.
Raub und Mord zu bestrafen, ist Eure höchste Behörde.
Dunkel bleibt mir die Sache, doch wird sichs finden; ich sehe
Mit dem größten Fleiße darnach und werde des Tages

Emsig reisen und nachts und alle Leute befragen.
Hab ich erfahren, wo sie sich finden, und kann sie nicht selber
Wiedergewinnen, wär ich zu schwach, so bitt ich um Hilfe,
Die gewährt Ihr alsdann, und sicher wird es geraten.
Bring ich glücklich die Schätze vor Euch, so find ich am Ende
Meine Mühe belohnt und meine Treue bewähret.

Gerne hört' es der König und fiel in allem und jedem
Reineken bei, der hatte die Lüge so künstlich geflochten.
Alle die andern glaubten es auch; er durfte nun wieder
Reisen und gehen, wohin ihm gefiel, und ohne zu fragen.

Aber Isegrim konnte sich länger nicht halten, und knirschend
Sprach er: Gnädiger Herr! So glaubt Ihr wieder dem Diebe,
Der Euch zwei- und dreifach belog? Wen sollt es nicht wundern!
Seht Ihr nicht, daß der Schalk Euch betrügt und uns alle beschädigt?
Wahrheit redet er nie, und eitel Lügen ersinnt er.
Aber ich laß ihn so leicht nicht davon! Ihr sollt es erfahren,
Daß er ein Schelm ist und falsch. Ich weiß drei große Verbrechen,
Die er begangen; er soll nicht entgehn, und sollten wir kämpfen.
Zwar man fordert Zeugen von uns, was wollte das helfen?

Stünden sie hier und sprächen und zeugten den ganzen Gerichtstag,
Könnte das fruchten? er täte nur immer nach seinem Belieben.
Oft sind keine Zeugen zu stellen, da sollte der Frevler
Nach wie vor die Tücke verüben? Wer traut sich, zu reden?
Jedem hängt er was an, und jeder fürchtet den Schaden.
Ihr und die Euren empfinden es auch und alle zusammen.
Heute will ich ihn halten, er soll nicht wanken noch weichen,
Und er soll zu Rechte mir stehn; nun mag er sich wahren!

Elfter Gesang

Isegrim klagte, der Wolf, und sprach: Ihr werdet verstehen!
Reineke, gnädiger König, so wie er immer ein Schalk war,
Bleibt er es auch und steht und redet schändliche Dinge,
Mein Geschlecht zu beschimpfen und mich. So hat er mir immer,
Meinem Weibe noch mehr, empfindliche Schande bereitet.
So bewog er sie einst, in einem Teiche zu waten
Durch den Morast, und hatte versprochen, sie solle des Tages
Viele Fische gewinnen; sie habe den Schwanz nur ins Wasser
Einzutauchen und hängen zu lassen: es würden die Fische
Fest sich beißen, sie könne selbviert nicht alle verzehren.
Watend kam sie darauf und schwimmend gegen das Ende,
Gegen den Zapfen; da hatte das Wasser sich tiefer gesammelt,
Und er hieß sie den Schwanz ins Wasser hängen. Die Kälte
Gegen Abend war groß, und grimmig begann es zu frieren,
Daß sie fast nicht länger sich hielt; so war auch in kurzem
Ihr der Schwanz ins Eis gefroren, sie konnt ihn nicht regen,
Glaubte, die Fische wären so schwer, es wäre gelungen.

Reineke merkt' es, der schändliche Dieb, und was er getrieben,
Darf ich nicht sagen, er kam und übermannte sie leider.
Von der Stelle soll er mir nicht! es kostet der Frevel
Einen von beiden, wie Ihr uns seht, noch heute das Leben.
Denn er schwätzt sich nicht durch; ich hab ihn selber betroffen
Über der Tat, mich führte der Zufall am Hügel den Weg her.
Laut um Hilfe hört ich sie schreien, die arme Betrogne,
Fest im Eise stand sie gefangen und konnt ihm nicht wehren,
Und ich kam und mußte mit eignen Augen das alles
Sehen! Ein Wunder fürwahr, daß mir das Herz nicht gebrochen.
Reineke! rief ich: was tust du? Er hörte mich kommen und eilte
Seine Straße. Da ging ich hinzu mit traurigem Herzen,
Mußte waten und frieren im kalten Wasser und konnte
Nur mit Mühe das Eis zerbrechen, mein Weib zu erlösen.
Ach, es ging nicht glücklich vonstatten! sie zerrte gewaltig,
Und es blieb ihr ein Viertel des Schwanzes im Eise gefangen.
Jammernd klagte sie laut und viel; das hörten die Bauern,
Kamen hervor und spürten uns aus und riefen einander.
Hitzig liefen sie über den Damm mit Piken und Äxten,

Mit dem Rocken kamen die Weiber und lärmten gewaltig:
Fangt sie! schlagt nur und werft! so riefen sie gegeneinander.
Angst wie damals empfand ich noch nie, das gleiche bekennet
Gieremund auch, wir retteten kaum mit Mühe das Leben,
Liefen, es rauchte das Fell. Da kam ein Bube gelaufen,
Ein vertrackter Geselle, mit einer Pike bewaffnet;
Leicht zu Fuße, stach er nach uns und drängt' uns gewaltig.
Wäre die Nacht nicht gekommen, wir hätten das Leben gelassen.
Und die Weiber riefen noch immer, die Hexen, wir hätten
Ihre Schafe gefressen. Sie hätten uns gerne getroffen,
Schimpften und schmähten hinter uns drein. Wir wandten uns aber
Von dem Lande wieder zum Wasser und schlupften behende
Zwischen die Binsen; da trauten die Bauern nicht weiter zu folgen,
Denn es war dunkel geworden, sie machten sich wieder nach Hause.
Knapp entkamen wir so. Ihr sehet, gnädiger König,
Überwältigung, Mord und Verrat, von solchen Verbrechen
Ist die Rede; die werdet Ihr streng, mein König, bestrafen.

Als der König die Klage vernommen, versetzt' er: Es werde
Rechtlich hierüber erkannt, doch laßt uns Reineken hören.
Reineke sprach: Verhielt' es sich also, würde die Sache

Wenig Ehre mir bringen, und Gott bewahre mich gnädig,
Daß man es fände, wie er erzählt! Doch will ich nicht leugnen,
Daß ich sie Fische fangen gelehrt und auch ihr die beste
Straße, zu Wasser zu kommen, und sie zu dem Teiche gewiesen.
Aber sie lief so gierig darnach, sobald sie nur Fische
Nennen gehört, und Weg und Maß und Lehre vergaß sie.
Blieb sie fest im Eise befroren, so hatte sie freilich
Viel zu lange gesessen; denn hätte sie zeitig gezogen,
Hätte sie Fische genug zum köstlichen Mahle gefangen.
Allzu große Begierde wird immer schädlich. Gewöhnt sich
Ungenügsam das Herz, so muß es vieles vermissen;
Wer den Geist der Gierigkeit hat, er lebt nur in Sorgen,
Niemand sättiget ihn. Frau Gieremund hat es erfahren,
Da sie im Eise befror. Sie dankt nun meiner Bemühung
Schlecht. Das hab ich davon, daß ich ihr redlich geholfen!
Denn ich schob und wollte mit allen Kräften sie heben,
Doch sie war mir zu schwer, und über dieser Bemühung
Traf mich Isegrim an, der längs dem Ufer daherging,
Stand da droben und rief und fluchte grimmig herunter.
Ja fürwahr, ich erschrak, den schönen Segen zu hören.
Eins und zwei- und dreimal warf er die gräßlichsten Flüche
Über mich her und schrie, von wildem Zorne getrieben,
Und ich dachte: du machst dich davon und wartest nicht länger;
Besser laufen, als faulen. Ich hatt es eben getroffen,
Denn er hätte mich damals zerrissen. Und wenn es begegnet,
Daß zwei Hunde sich beißen um Einen Knochen, da muß wohl
Einer verlieren. So schien mir auch da das Beste geraten,
Seinem Zorn zu entweichen und seinem verworrnen Gemüte.
Grimmig war er und bleibt es, wie kann ers leugnen? Befraget
Seine Frau; was hab ich mit ihm, dem Lügner, zu schaffen?
Denn sobald er sein Weib im Eise befroren bemerkte,
Flucht' und schalt er gewaltig und kam und half ihr entkommen.

Machten die Bauern sich hinter sie her, so war es zum besten:
Denn so kam ihr Blut in Bewegung, sie froren nicht länger.
Was ist weiter zu sagen? Es ist ein schlechtes Benehmen,
Wer sein eigenes Weib mit solchen Lügen beschimpfet.
Fragt sie selber, da steht sie, und hätt er die Wahrheit gesprochen,
Würde sie selber zu klagen nicht fehlen. Indessen erbitt ich
Eine Woche mir Frist, mit meinen Freunden zu sprechen,
Was für Antwort dem Wolf und seiner Klage gebühret.

Gieremund sagte darauf: In Eurem Treiben und Wesen
Ist nur Schalkheit, wir wissen es wohl, und Lügen und Trügen,
Büberei, Täuschung und Trotz. Wer Euren verfänglichen Reden
Glaubt, wird sicher am Ende beschädigt. Immer gebraucht Ihr
Lose verworrene Worte. So hab ichs am Borne gefunden.
Denn zwei Eimer hingen daran, Ihr hattet in einen,
Weiß ich, warum? Euch gesetzt und wart herniedergefahren;
Nun vermochtet Ihr nicht, Euch selber wieder zu heben,
Und Ihr klagtet gewaltig. Des Morgens kam ich zum Brunnen,
Fragte: Wer bracht Euch herein? Ihr sagtet: Kommt Ihr doch eben,
Liebe Gevatterin, recht! ich gönn Euch jeglichen Vorteil;
Steigt in den Eimer da droben, so fahrt Ihr hernieder und esset
Hier an Fischen Euch satt. Ich war zum Unglück gekommen,
Denn ich glaubt es, Ihr schwurt noch dazu: Ihr hättet so viele
Fische verzehrt, es schmerz Euch der Leib. Ich ließ mich betören,
Dumm, wie ich war, und stieg in den Eimer; da ging er hernieder
Und der andere wieder herauf, Ihr kamt mir entgegen.
Wunderlich schien mirs zu sein, ich fragte voller Erstaunen:
Sagt, wie gehet das zu? Ihr aber sagtet dawider:
Auf und ab, so gehts in der Welt, so geht es uns beiden.
Ist es doch also der Lauf. Erniedrigt werden die einen,
Und die andern erhöht, nach eines jeglichen Tugend.
Aus dem Eimer sprangt Ihr und lieft und eiltet von dannen.

Aber ich saß im Brunnen bekümmert und mußte den Tag lang
Harren und Schläge genug am selbigen Abend erdulden,
Eh ich entkam. Es traten zum Brunnen einige Bauern,
Sie bemerkten mich da. Von grimmigem Hunger gepeinigt,
Saß ich in Trauer und Angst, erbärmlich war mir zumute.

Untereinander sprachen die Bauern: Da sieh nur, im Eimer
Sitzt da unten der Feind, der unsre Schafe vermindert.
Hol ihn herauf, versetzte der eine: ich halte mich fertig
Und empfang ihn am Rand, er soll uns die Lämmer bezahlen!
Wie er mich aber empfing, das war ein Jammer! Es fielen
Schläg auf Schläge mir über den Pelz, ich hatte mein Leben
Keinen traurigern Tag, und kaum entrann ich dem Tode.

Reineke sagte darauf: Bedenkt genauer die Folgen,
Und Ihr findet gewiß, wie heilsam die Schläge gewesen.
Ich für meine Person mag lieber dergleichen entbehren,
Und wie die Sache stand, so mußte wohl eines von beiden
Sich mit den Schlägen beladen, wir konnten zugleich nicht entgehen.
Wenn Ihrs Euch merkt, so nutzt es Euch wohl, und künftig vertraut Ihr
Keinem so leicht in ähnlichen Fällen. Die Welt ist voll Schalkheit.

Ja, versetzte der Wolf: was braucht es weiter Beweise!
Niemand verletzte mich mehr als dieser böse Verräter.
Eines erzählt ich noch nicht, wie er in Sachsen mich einmal
Unter das Affengeschlecht zu Schand und Schaden geführet.
Er beredete mich, in eine Höhle zu kriechen,
Und er wußte voraus, es würde mir Übels begegnen.
Wär ich nicht eilig entflohn, ich wär um Augen und Ohren
Dort gekommen. Er sagte vorher mit gleißenden Worten:
Seine Frau Muhme find ich daselbst, er meinte die Äffin;
Doch es verdroß ihn, daß ich entkam. Er schickte mich tückisch
In das abscheuliche Nest, ich dacht, es wäre die Hölle.

Reineke sagte darauf vor allen Herren des Hofes:
Isegrim redet verwirrt, er scheint nicht völlig bei Sinnen.
Von der Äffin will er erzählen? so sag er es deutlich.
Drittehalb Jahr sinds her, als nach dem Lande zu Sachsen

Er mit großem Prassen gezogen, wohin ich ihm folgte.
Das ist wahr, das übrige lügt er. Es waren nicht Affen,
Meerkatzen warens, von welchen er redet; und nimmermehr werd ich
Diese für meine Muhmen erkennen. Martin, der Affe,
Und Frau Rückenau sind mir verwandt; sie ehr ich als Muhme,
Ihn als Vetter, und rühme mich des. Notarius ist er
Und versteht sich aufs Recht. Doch was von jenen Geschöpfen
Isegrim sagt, geschieht mir zum Hohn, ich habe mit ihnen
Nichts zu tun, und nie sinds meine Verwandten gewesen;
Denn sie gleichen dem höllischen Teufel. Und daß ich die Alte
Damals Muhme geheißen, das tat ich mit gutem Bedachte.
Nichts verlor ich dabei, das will ich gerne gestehen:
Gut gastierte sie mich, sonst hätte sie mögen ersticken.

Seht, Ihr Herren! wir hatten den Weg zur Seite gelassen,
Gingen hinter dem Berg, und eine düstere Höhle,
Tief und lang, bemerkten wir da. Es fühlte sich aber
Isegrim krank, wie gewöhnlich, vor Hunger. Wann hätt ihn auch jemals
Einer so satt gesehen, daß er zufrieden gewesen?
Und ich sagte zu ihm: In dieser Höhle befindet
Speise fürwahr sich genug, ich zweifle nicht, ihre Bewohner
Teilen gerne mit uns, was sie haben, wir kommen gelegen.
Isegrim aber versetzte darauf: Ich werde, mein Oheim,
Unter dem Baume hier warten, Ihr seid in allem geschickter,
Neue Bekannte zu machen, und wenn Euch Essen gereicht wird,
Tut mirs zu wissen! So dachte der Schalk, auf meine Gefahr erst
Abzuwarten, was sich ergäbe; ich aber begab mich
In die Höhle hinein. Nicht ohne Schauer durchwandert
Ich den langen und krummen Gang, er wollte nicht enden.
Aber was ich dann fand – den Schrecken wollt ich um vieles
Rotes Gold nicht zweimal in meinem Leben erfahren!
Welch ein Nest voll häßlicher Tiere, großer und kleiner!

Und die Mutter dabei, ich dacht, es wäre der Teufel.
Weit und groß ihr Maul mit langen häßlichen Zähnen,
Lange Nägel an Händen und Füßen und hinten ein langer
Schwanz an den Rücken gesetzt; so was Abscheuliches hab ich
Nicht im Leben gesehn! Die schwarzen leidigen Kinder
Waren seltsam gebildet, wie lauter junge Gespenster.
Greulich sah sie mich an. Ich dachte: wär ich von dannen!
Größer war sie als Isegrim selbst, und einige Kinder
Fast von gleicher Statur. Im faulen Heue gebettet
Fand ich die garstige Brut und über und über beschlabbert
Bis an die Ohren mit Kot, es stank in ihrem Reviere
Ärger als höllisches Pech. Die reine Wahrheit zu sagen,
Wenig gefiel es mir da, denn ihrer waren so viele,
Und ich stand nur allein. Sie zogen greuliche Fratzen.
Da besann ich mich denn, und einen Ausweg versucht ich,
Grüßte sie schön – ich meint es nicht so – und wußte so freundlich
Und bekannt mich zu stellen. Frau Muhme! sagt ich zur Alten,
Vettern hieß ich die Kinder und ließ es an Worten nicht fehlen.
Spar Euch der gnädige Gott auf lange glückliche Zeiten!
Sind das Eure Kinder? Fürwahr! ich sollte nicht fragen;
Wie behagen sie mir! Hilf Himmel! wie sie so lustig,
Wie sie so schön sind! Man nähme sie alle für Söhne des Königs.

Seid mir vielmal gelobt, daß Ihr mit würdigen Sprossen
Mehret unser Geschlecht, ich freue mich über die Maßen.
Glücklich find ich mich nun, von solchen Öhmen zu wissen;
Denn zu Zeiten der Not bedarf man seiner Verwandten.

Als ich ihr so viel Ehre geboten, wiewohl ich es anders
Meinte, bezeigte sie mir von ihrer Seite desgleichen,
Hieß mich Oheim und tat so bekannt, so wenig die Närrin
Auch zu meinem Geschlechte gehört. Doch konnte für diesmal
Gar nicht schaden, sie Muhme zu heißen. Ich schwitzte dazwischen
Über und über vor Angst; allein sie redete freundlich:
Reineke, werter Verwandter, ich heiß Euch schönstens willkommen!
Seid Ihr auch wohl? Ich bin Euch mein ganzes Leben verbunden,
Daß Ihr zu mir gekommen. Ihr lehret kluge Gedanken
Meine Kinder fortan, daß sie zu Ehren gelangen.
Also hört ich sie reden; das hatt ich mit wenigen Worten,
Daß ich sie Muhme genannt und daß ich die Wahrheit geschonet,
Reichlich verdient. Doch wär ich so gern im Freien gewesen.
Aber sie ließ mich nicht fort und sprach: Ihr dürfet, mein Oheim,
Unbewirtet nicht weg! Verweilet, laßt Euch bedienen.
Und sie brachte mir Speise genug, ich wüßte sie wahrlich
Jetzt nicht alle zu nennen; verwundert war ich zum höchsten,
Wie sie zu allem gekommen. Von Fischen, Rehen und anderm
Guten Wildbret, ich speiste davon, es schmeckte mir herrlich.
Als ich zur Gnüge gegessen, belud sie mich über das alles,
Bracht ein Stück vom Hirsche getragen, ich sollt es nach Hause
Zu den Meinigen bringen, und ich empfahl mich zum besten.
Reineke, sagte sie noch: besucht mich öfters. Ich hätte,
Was sie wollte, versprochen; ich machte, daß ich herauskam.
Lieblich war es nicht da für Augen und Nase, ich hätte
Mir den Tod beinahe geholt; ich suchte zu fliehen,
Lief behende den Gang bis zu der Öffnung am Baume.

Isegrim lag und stöhnte daselbst; ich sagte: Wie gehts Euch,
Oheim? Er sprach: Nicht wohl! ich muß vor Hunger verderben.
Ich erbarmte mich seiner und gab ihm den köstlichen Braten,
Den ich mit mir gebracht. Er aß mit großer Begierde,
Vielen Dank erzeigt' er mir da; nun hat ers vergessen!

Als er nun fertig geworden, begann er: Laßt mich erfahren,
Wer die Höhle bewohnt. Wie habt Ihrs drinne gefunden?
Gut oder schlecht? Ich sagt ihm darauf die lauterste Wahrheit,
Unterrichtet ihn wohl. Das Nest sei böse, dagegen
Finde sich drin viel köstliche Speise. Sobald er begehre,
Seinen Teil zu erhalten, so mög er kecklich hineingehn,
Nur vor allem sich hüten, die grade Wahrheit zu sagen.
Soll es Euch nach Wünschen ergehn, so spart mir die Wahrheit!
Wiederholt ich ihm noch: denn führt sie jemand beständig
Unklug im Mund, der leidet Verfolgung, wohin er sich wendet;
Überall steht er zurück, die andern werden geladen.
Also hieß ich ihn gehn; ich lehrt ihn: was er auch fände,
Sollt' er reden, was jeglicher gerne zu hören begehret,
Und man werd ihn freundlich empfangen. Das waren die Worte,
Gnädiger König und Herr, nach meinem besten Gewissen.
Aber das Gegenteil tat er hernach, und kriegt' er darüber

Etwas ab, so hab er es auch; er sollte mir folgen.
Grau sind seine Zotteln fürwahr, doch sucht man die Weisheit
Nur vergebens dahinter. Es achten solche Gesellen
Weder Klugheit noch feine Gedanken; es bleibet dem groben
Tölpischen Volke der Wert von aller Weisheit verborgen.
Treulich schärft ich ihm ein, die Wahrheit diesmal zu sparen;
Weiß ich doch selbst, was sich ziemt! versetzt' er trotzig dagegen,
Und so trabt' er die Höhle hinein, da hat ers getroffen.

Hinten saß das abscheuliche Weib, er glaubte, den Teufel
Vor sich zu sehn! die Kinder dazu! Da rief er betroffen:
Hilfe! Was für abscheuliche Tiere! Sind diese Geschöpfe
Eure Kinder? Sie scheinen, fürwahr, ein Höllengesindel.
Geht, ertränkt sie, das wäre das beste, damit sich die Brut nicht
Über die Erde verbreite! Wenn es die meinigen wären,
Ich erdrosselte sie. Man finge wahrlich mit ihnen
Junge Teufel, man brauchte sie nur in einem Moraste
Auf das Schilf zu binden, die garstigen, schmutzigen Rangen!
Ja, Mooraffen sollten sie heißen, da paßte der Name!

Eilig versetzte die Mutter und sprach mit zornigen Worten:
Welcher Teufel schickt uns den Boten? Wer hat Euch gerufen,
Hier uns grob zu begegnen? Und meine Kinder! Was habt Ihr,
Schön oder häßlich, mit ihnen zu tun? Soeben verläßt uns
Reineke Fuchs, der erfahrene Mann, der muß es verstehen;
Meine Kinder, beteuert' er hoch, er finde sie sämtlich
Schön und sittig, von guter Manier; er mochte mit Freuden
Sie für seine Verwandten erkennen. Das hat er uns alles
Hier an diesem Platz vor einer Stunde versichert.
Wenn sie Euch nicht wie ihm gefallen, so hat Euch wahrhaftig
Niemand zu kommen gebeten. Das mögt Ihr, Isegrim, wissen.

Und er forderte gleich von ihr zu essen und sagte:
Holt herbei, sonst helf ich Euch suchen! Was wollen die Reden
Weiter helfen? Er machte sich dran und wollte gewaltsam
Ihren Vorrat betasten; das war ihm übel geraten!
Denn sie warf sich über ihn her, zerbiß und zerkratzt' ihm
Mit den Nägeln das Fell und klaut' und zerrt' ihn gewaltig;
Ihre Kinder taten das gleiche, sie bissen und krammten
Greulich auf ihn. Da heult' er und schrie mit blutigen Wangen,
Wehrte sich nicht und lief mit hastigen Schritten zur Öffnung.
Übel zerbissen sah ich ihn kommen, zerkratzt, und die Fetzen
Hingen herum, ein Ohr war gespalten und blutig die Nase,
Manche Wunde kneipten sie ihm und hatten das Fell ihm
Garstig zusammengeruckt. Ich fragt ihn, wie er heraustrat:
Habt Ihr die Wahrheit gesagt? Er aber sagte dagegen:
Wie ichs gefunden, so hab ich gesprochen. Die leidige Hexe
Hat mich übel geschändet, ich wollte, sie wäre hier außen,
Teuer bezahlte sie mirs! Was dünkt Euch, Reineke? habt Ihr
Jemals solche Kinder gesehn? so garstig, so böse?
Da ichs ihr sagte, da war es geschehn, da fand ich nicht weiter
Gnade vor ihr und habe mich übel im Loche befunden.

Seid Ihr verrückt? versetzt ich ihm drauf: ich hab es Euch anders
Weislich geheißen. Ich grüß Euch zum schönsten (so solltet Ihr sagen),
Liebe Muhme, wie geht es mit Euch? Wie geht es den lieben
Artigen Kindern? Ich freue mich sehr, die großen und kleinen
Neffen wiederzusehn. Doch Isegrim sagte dagegen:
Muhme das Weib zu begrüßen? und Neffen die häßlichen Kinder?
Nehm sie der Teufel zu sich! Mir graut vor solcher Verwandtschaft.
Pfui! ein ganz abscheuliches Pack! ich seh sie nicht wieder.
Darum ward er so übel bezahlt. Nun richtet, Herr König!
Sagt er mit Recht, ich hab ihn verraten? Er mag es gestehen,
Hat die Sache sich nicht, wie ich erzähle, begeben?

Isegrim sprach entschlossen dagegen: Wir machen wahrhaftig
Diesen Streit mit Worten nicht aus. Was sollen wir keifen?
Recht bleibt Recht, und wer es auch hat, es zeigt sich am Ende.
Trotzig, Reineke, tretet Ihr auf, so mögt Ihr es haben!
Kämpfen wollen wir gegeneinander, da wird es sich finden.
Vieles wißt Ihr zu sagen, wie vor der Affen Behausung
Ich so großen Hunger gelitten, und wie Ihr mich damals
Treulich genährt. Ich wüßte nicht, wie! Es war nur ein Knochen,
Den Ihr brachtet, das Fleisch vermutlich speistet Ihr selber.
Wo Ihr stehet, spottet Ihr mein und redet verwegen,

Meiner Ehre zu nah. Ihr habt mit schändlichen Lügen
Mich verdächtig gemacht, als hätt ich böse Verschwörung
Gegen den König im Sinne gehabt und hätte sein Leben
Ihm zu rauben gewünscht; Ihr aber prahltet dagegen
Ihm von Schätzen was vor; er möchte schwerlich sie finden!
Schmählich behandeltet Ihr mein Weib und sollt es mir büßen.
Dieser Sachen klag ich Euch an! ich
denke zu kämpfen
Über Altes und Neues und wiederhol
es: ein Mörder,
Ein Verräter seid Ihr, ein Dieb;
und Leben um Leben
Wollen wir kämpfen, es endige nun
das Keifen und Schelten.
Einen Handschuh biet ich Euch an,
so wie ihn zu Rechte
Jeder Fordernde reicht, Ihr mögt
ihn zum Pfande behalten,
Und wir finden uns bald. Der König
hat es vernommen,
Alle die Herren habens gehört!
ich hoffe, sie werden
Zeugen sein des rechtlichen Kampfs.
Ihr sollt nicht entweichen,
Bis die Sache sich endlich entscheidet;
dann wollen wir sehen.

Reineke dachte bei sich: Das geht um Vermögen und Leben!
Groß ist er, ich aber bin klein, und könnt es mir diesmal
Etwa mißlingen, so hätten mir alle die listigen Streiche
Wenig geholfen. Doch warten wirs ab. Denn, wenn ichs bedenke,
Bin ich im Vorteil: verlor er ja schon die vordersten Klauen!
Ist der Tor nicht kühler geworden, so soll er am Ende
Seinen Willen nicht haben, es koste, was es auch wolle.

Reineke sagte zum Wolfe darauf: Ihr mögt mir wohl selber
Ein Verräter, Isegrim, sein, und alle Beschwerden,
Die Ihr auf mich zu bringen gedenket, sind alle gelogen.
Wollt Ihr kämpfen? ich wag es mit Euch und werde nicht wanken.
Lange wünscht ich mir das! hier ist mein Handschuh dagegen.

So empfing der König die Pfänder, es reichten sie beide
Kühnlich. Er sagte darauf: Ihr sollt mir Bürgen bestellen,
Daß ihr morgen zum Kampfe nicht fehlt; denn beide Parteien
Find ich verworren, wer mag die Reden alle verstehen?
Isegrims Bürgen wurden sogleich der Bär und der Kater,
Braun und Hinze; für Reineken aber verbürgten sich gleichfalls
Vetter Moneke, Sohn von Märtenaffe, mit Grimbart.

Reineke, sagte Frau Rückenau drauf: nun bleibet gelassen,
Klug von Sinnen! Es lehrte mein Mann, der jetzo nach Rom ist,
Euer Oheim, mich einst ein Gebet; es hatte dasselbe
Abt von Schluckauf gesetzt und gab es meinem Gemahle,
Dem er sich günstig erwies, auf einem Zettel geschrieben.
Dieses Gebet, so sagte der Abt, ist heilsam den Männern,
Die ins Gefecht sich begeben; man muß es nüchtern des Morgens
Überlesen, so bleibt man des Tags von Not und Gefahren
Völlig befreit, vorm Tode geschützt, vor Schmerzen und Wunden.
Tröstet Euch, Neffe, damit, ich will es morgen beizeiten

Über Euch lesen, so geht Ihr getrost und ohne Besorgnis.
Liebe Muhme, versetzte der Fuchs: ich danke von Herzen,
Ich gedenk es Euch wieder. Doch muß mir immer am meisten
Meiner Sache Gerechtigkeit helfen und meine Gewandtheit.

Reinekens Freunde blieben beisammen die Nacht durch und scheuchten
Seine Grillen durch muntre Gespräche. Frau Rückenau aber
War vor allen besorgt und geschäftig, sie ließ ihn behende
Zwischen Kopf und Schwanz und Brust und Bauche bescheren
Und mit Fett und Öle bestreichen; es zeigte sich aber
Reineke fett und rund und wohl zu Fuße. Daneben
Sprach sie: Höret mich an, bedenket, was Ihr zu tun habt,
Höret den Rat verständiger Freunde, das hilft Euch am besten.
Trinket nur brav und haltet das Wasser, und kommt Ihr des Morgens
In den Kreis, so macht es gescheit, benetzet den rauhen
Wedel über und über und sucht den Gegner zu treffen;
Könnt Ihr die Augen ihm salben, so ists am besten geraten,
Sein Gesicht verdunkelt sich gleich; es kommt Euch zustatten,
Und ihn hindert es sehr. Auch müßt Ihr anfangs Euch furchtsam
Stellen und gegen den Wind mit flüchtigen Füßen entweichen.
Wenn er Euch folget, erregt nur den Staub, auf daß Ihr die Augen
Ihm mit Unrat und Sande verschließt. Dann springet zur Seite,
Paßt auf jede Bewegung, und wenn er die Augen sich auswischt,

Nehmt des Vorteils gewahr und salbt ihm aufs neue die Augen
Mit dem ätzenden Wasser, damit er völlig verblinde,
Nicht mehr wisse, wo aus noch ein, und der Sieg Euch verbleibe.
Lieber Neffe, schlaft nur ein wenig, wir wollen Euch wecken,
Wenn es Zeit ist. Doch will ich sogleich die heiligen Worte
Über Euch lesen, von welchen ich sprach, auf daß ich Euch stärke.

Und sie legt' ihm die Hand aufs Haupt und sagte die Worte:
Nekräst negibaul geid sum namteflih dnudna mein tedachs!
Nun Glück auf! nun seid Ihr verwahrt! Das Nämliche sagte
Oheim Grimbart; dann führten sie ihn und legten ihn schlafen.
Ruhig schlief er. Die Sonne ging auf; da kamen die Otter
Und der Dachs, den Vetter zu wecken. Sie grüßten ihn freundlich,
Und sie sagten: Bereitet Euch wohl! Da brachte die Otter
Eine junge Ente hervor und reicht' sie ihm, sagend:
Eßt, ich habe sie Euch mit manchem Sprunge gewonnen
An dem Damme bei Hünerbrot; laßts Euch belieben, mein Vetter.

Gutes Handgeld ist das, versetzte Reineke munter:
So was verschmäh ich nicht leicht. Das möge Gott Euch vergelten,
Daß Ihr meiner gedenkt! Er ließ das Essen sich schmecken
Und das Trinken dazu und ging mit seinen Verwandten
In den Kreis, auf den ebenen Sand, da sollte man kämpfen.

Zwölfter Gesang

Als der König Reineken sah, wie dieser am Kreise
Glatt geschoren sich zeigte, mit Öl und schlüpfrigem Fette
Über und über gesalbt, da lacht' er über die Maßen.
Fuchs! wer lehrte dich das? so rief er: mag man doch billig
Reineke Fuchs dich heißen, du bist beständig der Lose!
Allerorten kennst du ein Loch und weißt dir zu helfen.

Reineke neigte sich tief vor dem Könige, neigte besonders
Vor der Königin sich und kam mit mutigen Sprüngen
In den Kreis. Da hatte der Wolf mit seinen Verwandten
Schon sich gefunden; sie wünschten dem Fuchs ein schmähliches Ende;
Manches zornige Wort und manche Drohung vernahm er.
Aber Lynx und Lupardus, die Wärter des Kreises, sie brachten
Nun die Heilgen hervor, und beide Kämpfer beschwuren,
Wolf und Fuchs, mit Bedacht die zu behauptende Sache.

Isegrim schwur mit heftigen Worten und drohenden Blicken:
Reineke sei ein Verräter, ein Dieb, ein Mörder und aller
Missetat schuldig, er sei auf Gewalt und Ehbruch betreten,
Falsch in jeglicher Sache; das gelte Leben um Leben!
Reineke schwur zur Stelle dagegen: er seie sich keiner
Dieser Verbrechen bewußt, und Isegrim lüge wie immer,
Schwöre falsch wie gewöhnlich, doch soll' es ihm nimmer gelingen,
Seine Lüge zur Wahrheit zu machen, am wenigsten diesmal.
Und es sagten die Wärter des Kreises: Ein jeglicher tue,
Was er schuldig zu tun ist! das Recht wird bald sich ergeben.
Groß und klein verließen den Kreis, die beiden alleine
Drin zu verschließen. Geschwind begann die Äffin zu flüstern:
Merket, was ich Euch sagte, vergeßt nicht, dem Rate zu folgen!
Reineke sagte heiter darauf: Die gute Vermahnung

Macht mich mutiger gehn. Getrost! ich werde der Kühnheit
Und der List auch jetzt nicht vergessen, durch die ich aus manchen
Größern Gefahren entronnen, worein ich öfters geraten,
Wenn ich mir dieses und jenes geholt, was bis jetzt nicht bezahlt ist,
Und mein Leben kühnlich gewagt. Wie sollt ich nicht jetzo
Gegen den Bösewicht stehen? Ich hoff, ihn gewißlich zu schänden,
Ihn und sein ganzes Geschlecht, und Ehre den Meinen zu bringen.
Was er auch lügt, ich tränk es ihm ein. Nun ließ man die beiden
In dem Kreise zusammen, und alle schauten begierig.

Isegrim zeigte sich wild und grimmig, reckte die Tatzen,
Kam daher mit offenem Maul und gewaltigen Sprüngen.
Reineke, leichter als er, entsprang dem stürmenden Gegner
Und benetzte behende den rauhen Wedel mit seinem
Ätzenden Wasser und schleift' ihn im Staube, mit Sand ihn zu füllen.
Isegrim dachte, nun hab er ihn schon! da schlug ihm der Lose

Über die Augen den Schwanz, und Hören und Sehen verging ihm.
Nicht das erstemal übt' er die List, schon viele Geschöpfe
Hatten die schädliche Kraft des ätzenden Wassers erfahren.
Isegrims Kinder blendet' er so, wie anfangs gesagt ist;
Und nun dacht er den Vater zu zeichnen. Nachdem er dem Gegner
So die Augen gesalbt, entsprang er seitwärts und stellte
Gegen den Wind sich, rührte den Sand und jagte des Staubes
Viel in die Augen des Wolfs, der sich mit Reiben und Wischen
Hastig und übel benahm und seine Schmerzen vermehrte.
Reineke wußte dagegen geschickt den Wedel zu führen,
Seinen Gegner aufs neue zu treffen und gänzlich zu blenden.
Übel bekam es dem Wolfe! denn seinen Vorteil benutzte
Nun der Fuchs. Sobald er die schmerzlich tränenden Augen
Seines Feindes erblickte, begann er mit heftigen Sprüngen,
Mit gewaltigen Schlägen auf ihn zu stürmen, zu kratzen
Und zu beißen und immer die Augen ihm wieder zu salben.
Halb von Sinnen tappte der Wolf, da spottete seiner
Reineke dreister und sprach: Herr Wolf, Ihr habt wohl vorzeiten
Manch unschuldiges Lamm verschlungen, in Euerem Leben
Manch unsträfliches Tier verzehrt: ich hoffe, sie sollen
Künftig Ruhe genießen! auf alle Fälle bequemt Ihr
Euch, sie in Frieden zu lassen, und nehmet Segen zum Lohne.
Eure Seele gewinnt bei dieser Buße, besonders
Wenn Ihr das Ende geduldig erwartet. Ihr werdet für diesmal
Nicht aus meinen Händen entrinnen, Ihr müßtet mit Bitten
Mich versöhnen; da schont ich Euch wohl und ließ' Euch das Leben.

Hastig sagte Reineke das und hatte den Gegner
Fest an der Kehle gepackt und hofft ihn also zu zwingen.
Isegrim aber, stärker als er, bewegte sich grimmig,
Mit zwei Zügen riß er sich los. Doch Reineke griff ihm
Ins Gesicht, verwundet' ihn hart und riß ihm ein Auge

Aus dem Kopfe, es rann ihm das Blut die Nase herunter.
Reineke rief: So wollt ich es haben! so ist es gelungen!
Blutend verzagte der Wolf, und sein verlorenes Auge
Macht' ihn rasend, er sprang, vergessend Wunden und Schmerzen,
Gegen Reineken los und druckt' ihn nieder zu Boden.
Übel befand sich der Fuchs, und wenig half ihm die Klugheit.
Einen der vorderen Füße, die er als Hände gebrauchte,
Faßt' ihm Isegrim schnell und hielt ihn zwischen den Zähnen.
Reineke lag bekümmert am Boden, er sorgte zur Stunde
Seine Hand zu verlieren und dachte tausend Gedanken.
Isegrim brummte dagegen mit hohler Stimme die Worte:

Deine Stunde, Dieb, ist gekommen! Ergib dich zur Stelle,
Oder ich schlage dich tot für deine betrüglichen Taten!
Ich bezahle dich nun, es hat dir wenig geholfen,
Staub zu kratzen, Wasser zu lassen, das Fell zu bescheren.
Dich zu schmieren; wehe dir nun! du hast mir so vieles
Übel getan, gelogen auf mich, mir das Auge geblendet,
Aber du sollst nicht entgehn, ergib dich, oder ich beiße!

Reineke dachte: Nun geht es mir schlimm, was soll ich beginnen?
Geb ich mich nicht, so bringt er mich um, und wenn ich mich gebe,
Bin ich auf ewig beschimpft. Ja, ich verdiene die Strafe,
Denn ich hab ihn zu übel behandelt, zu gröblich beleidigt.
Süße Worte versucht' er darauf, den Gegner zu mildern.

Lieber Oheim! sagt' er zu ihm: ich werde mit Freuden
Euer Lehnsmann sogleich mit allem, was ich besitze.
Gerne geh ich als Pilger für Euch zum Heiligen Grabe,
In das Heilige Land, in alle Kirchen, und bringe
Ablaß genug von dannen zurück. Es gereichet derselbe
Eurer Seele zu Nutz und soll für Vater und Mutter
Übrig bleiben, damit sich auch die im ewigen Leben
Dieser Wohltat erfreun; wer ist nicht ihrer bedürftig?
Ich verehr Euch, als wärt Ihr der Papst, und schwöre den teuren
Heiligen Eid, von jetzt auf alle künftige Zeiten
Ganz der Eure zu sein mit allen meinen Verwandten.
Alle sollen Euch dienen zu jeder Stunde. So schwör ich!
Was ich dem Könige selbst nicht verspräche, das sei Euch geboten.
Nehmt Ihr es an, so wird Euch dereinst die Herrschaft des Landes.
Alles, was ich zu fangen verstehe, das will ich Euch bringen:
Gänse, Hühner, Enten und Fische, bevor ich das mindste
Solcher Speise verzehre, ich laß Euch immer die Auswahl,
Eurem Weib und Kindern. Ich will mit Fleiße darneben
Euer Leben beraten, es soll Euch kein Übel berühren.
Lose heiß ich, und Ihr seid stark, so können wir beide
Große Dinge verrichten. Zusammen müssen wir halten,
Einer mit Macht, der andre mit Rat, wer wollt uns bezwingen?
Kämpfen wir gegeneinander, so ist es übel gehandelt.
Ja, ich hätt es niemals getan, wofern ich nur schicklich
Hätte den Kampf zu vermeiden gewußt; Ihr fordertet aber,
Und ich mußte denn wohl mich ehrenhalber bequemen.
Aber ich habe mich höflich gehalten und während des Streites
Meine ganze Macht nicht bewiesen; es muß dir, so dacht ich,
Deinen Oheim zu schonen, zur größten Ehre gereichen.
Hätt ich Euch aber gehaßt, es wär Euch anders gegangen.
Wenig Schaden habt Ihr gelitten, und wenn aus Versehen
Euer Auge verletzt ist, so bin ich herzlich bekümmert.

Doch das Beste bleibt mir dabei: ich kenne das Mittel,
Euch zu heilen, und teil ichs Euch mit, Ihr werdet mirs danken.
Bliebe das Auge gleich weg, und seid Ihr sonst nur genesen,
Ist es Euch immer bequem; Ihr habet, legt Ihr Euch schlafen,
Nur Ein Fenster zu schließen, wir andern bemühen uns doppelt.
Euch zu versöhnen, sollen sogleich sich meine Verwandten
Vor Euch neigen, mein Weib und meine Kinder, sie sollen
Vor des Königes Augen im Angesicht dieser Versammlung
Euch ersuchen und bitten, daß Ihr mir gnädig vergebet
Und mein Leben mir schenkt. Dann will ich offen bekennen,
Daß ich unwahr gesprochen und Euch mit Lügen geschändet,
Euch betrogen, wo ich gekonnt. Ich verspreche, zu schwören,
Daß mir von Euch nichts Böses bekannt ist und daß ich von nun an
Nimmer Euch zu beleidigen denke. Wie könntet Ihr jemals
Größere Sühne verlangen, als die, wozu ich bereit bin?
Schlagt Ihr mich tot, was habt Ihr davon? es bleiben Euch immer
Meine Verwandten zu fürchten und meine Freunde; dagegen,
Wenn Ihr mich schont, verlaßt Ihr mit Ruhm und Ehren den Kampfplatz,
Scheinet jeglichem edel und weise: denn höher vermag sich
Niemand zu heben, als wenn er vergibt. Es kommt Euch so bald nicht
Diese Gelegenheit wieder, benutzt sie. Übrigens kann mir
Jetzt ganz einerlei sein, zu sterben oder zu leben.

Falscher Fuchs! versetzte der Wolf: wie wärst du so gerne
Wieder los! Doch wäre die Welt von Golde geschaffen,
Und du bötest sie mir in deinen Nöten, ich würde
Dich nicht lassen. Du hast mir so oft vergeblich geschworen,
Falscher Geselle! Gewiß, nicht Eierschalen erhielt' ich,
Ließ' ich dich los. Ich achte nicht viel auf deine Verwandten;
Ich erwarte, was sie vermögen, und denke so ziemlich
Ihre Feindschaft zu tragen. Du Schadenfroher! wie würdest
Du nicht spotten, gäb ich dich frei auf deine Beteurung.

Wer dich nicht kennte, wäre betrogen. Du hast mich, so sagst du,
Heute geschont, du leidiger Dieb! und hängt mir das Auge
Nicht zum Kopfe heraus? Du Bösewicht, hast du die Haut mir
Nicht an zwanzig Orten verletzt? und konnt ich nur einmal
Wieder zu Atem gelangen, da du den Vorteil gewonnen?
Töricht wär es gehandelt, wenn ich für Schaden und Schande
Dir nun Gnad und Mitleid erzeigte. Du brachtest, Verräter,
Mich und mein Weib in Schaden und Schmach, das kostet dein Leben.

Also sagte der Wolf. Indessen hatte der Lose
Zwischen die Schenkel des Gegners die andre Tatze geschoben;
Bei den empfindlichsten Teilen ergriff er denselben und ruckte,
Zerrt' ihn grausam, ich sage nicht mehr – Erbärmlich zu schreien
Und zu heulen begann der Wolf mit offenem Munde.
Reineke zog die Tatze behend aus den klemmenden Zähnen,
Hielt mit beiden den Wolf nun immer fester und fester,
Kneipt' und zog; da heulte der Wolf und schrie so gewaltig,

Daß er Blut zu speien begann, es brach ihm vor Schmerzen
Über und über der Schweiß durch seine Zotten, er löste
Sich vor Angst. Das freute den Fuchs, nun hofft' er zu siegen,
Hielt ihn immer mit Händen und Zähnen, und große Bedrängnis,
Große Pein kam über den Wolf, er gab sich verloren.
Blut rann über sein Haupt, aus seinen Augen, er stürzte
Nieder, betäubt. Es hätte der Fuchs des Goldes die Fülle
Nicht für diesen Anblick genommen; so hielt er ihn immer
Fest und schleppte den Wolf und zog, daß alle das Elend
Sahen, und kneipt' und druckt' und biß und klaute den Armen,
Der mit dumpfem Geheul im Staub und eigenen Unrat
Sich mit Zuckungen wälzte, mit ungebärdigem Wesen.

Seine Freunde jammerten laut, sie baten den König:
Aufzunehmen den Kampf, wenn es ihm also beliebte.
Und der König versetzte: Sobald Euch allen bedünket,
Allen lieb ist, daß es geschehe, so bin ichs zufrieden.

Und der König gebot: die beiden Wärter des Kreises,
Lynx und Lupardus, sollten zu beiden Kämpfern hineingehn.
Und sie traten darauf in die Schranken und sprachen dem Sieger
Reineke zu: es sei nun genug, es wünsche der König,
Aufzunehmen den Kampf, den Zwist geendigt zu sehen.
Er verlangt, so fuhren sie fort: Ihr mögt ihm den Gegner
Überlassen, das Leben dem Überwundenen schenken.
Denn, wenn einer getötet in diesem Zweikampf erläge,
Wäre es schade auf jeglicher Seite. Ihr habt ja den Vorteil!
Alle sahen es, Klein und Große. Auch fallen die besten
Männer Euch bei, Ihr habt sie für Euch auf immer gewonnen.
Reineke sprach: Ich werde dafür mich dankbar beweisen!
Gerne folg ich dem Willen des Königs, und was sich gebühret,
Tu ich gern; ich habe gesiegt, und Schöners verlang ich

Nichts zu erleben! Es gönne mir nur der König das Eine,
Daß ich meine Freunde befrage. Da riefen die Freunde
Reinekens alle: Es dünket uns gut, den Willen des Königs
Gleich zu erfüllen. Sie kamen zu Scharen zum Sieger gelaufen,
Alle Verwandte, der Dachs und der Affe und Otter und Biber.

Seine Freunde waren nun auch der Marder, die Wiesel,
Hermelin und Eichhorn und viele, die ihn befeindet,
Seinen Namen zuvor nicht nennen mochten, sie liefen
Alle zu ihm. Da fanden sich auch, die sonst ihn verklagten,
Seine Verwandte anjetzt, und brachten Weiber und Kinder,
Große, mittlere, kleine, dazu die kleinsten; es tat ihm
Jeglicher schön, sie schmeichelten ihm und konnten nicht enden.

In der Welt gehts immer so zu. Dem Glücklichen sagt man:
Bleibet lange gesund! er findet Freunde die Menge.
Aber wem es übel gerät, der mag sich gedulden!
Ebenso fand es sich hier. Ein jeglicher wollte der nächste
Neben dem Sieger sich blähn. Die einen flöteten, andre
Sangen, bliesen Posaunen und schlugen Pauken dazwischen.
Reinekens Freunde sprachen zu ihm: Erfreut Euch, Ihr habet
Euch und Euer Geschlecht in dieser Stunde gehoben!
Sehr betrübten wir uns, Euch unterliegen zu sehen,
Doch es wandte sich bald, es war ein treffliches Stückchen.
Reineke sprach: Es ist mir geglückt, und dankte den Freunden.
Also gingen sie hin mit großem Getümmel, vor allen
Reineke mit den Wärtern des Kreises, und so gelangten
Sie zum Throne des Königs, da kniete Reineke nieder.
Aufstehn hieß ihn der König und sagte vor allen den Herren:
Euren Tag bewahrtet Ihr wohl, Ihr habet mit Ehren
Eure Sache vollführt, deswegen sprech ich Euch ledig;
Alle Strafe hebet sich auf, ich werde darüber
Nächstens sprechen im Rat mit meinen Edlen, sobald nur
Isegrim wieder geheilt ist; für heute schließ ich die Sache.

Eurem Rate, gnädiger Herr, versetzte bescheiden
Reineke drauf, ist heilsam zu folgen; Ihr wißt es am besten.
Als ich hierher kam, klagten so viele, sie logen dem Wolfe,
Meinem mächtigen Feinde, zulieb, der wollte mich stürzen,

Hatte mich fast in seiner Gewalt; da riefen die andern:
Kreuzige! klagten mit ihm, nur mich aufs letzte zu bringen,
Ihm gefällig zu sein; denn alle konnten bemerken:
Besser stand er bei Euch als ich, und keiner gedachte
Weder ans Ende, noch wie sich vielleicht die Wahrheit verhalte.
Jenen Hunden vergleich ich sie wohl, die pflegten in Menge
Vor der Küche zu stehn und hofften, es werde wohl ihrer
Auch der günstige Koch mit einigen Knochen gedenken.
Einen ihrer Gesellen erblickten die wartenden Hunde,
Der ein Stück gesottenes Fleisch dem Koche genommen
Und nicht eilig genug zu seinem Unglück davonsprang.
Denn es begoß ihn der Koch mit heißem Wasser von hinten

Und verbrüht' ihm den Schwanz; doch ließ er die Beute nicht fallen,
Mengte sich unter die andern, sie aber sprachen zusammen:
Seht, wie diesen der Koch vor allen andern begünstigt!
Seht, welch köstliches Stück er ihm gab! Und jener versetzte:

Wenig begreift ihr davon, ihr lobt und preist mich von vorne,
Wo es euch freilich gefällt, das köstliche Fleisch zu erblicken;
Aber beseht mich von hinten und preist mich glücklich, wofern ihr
Eure Meinung nicht ändert. Da sie ihn aber besahen,
War er schrecklich verbrannt, es fielen die Haare herunter,
Und die Haut verschrumpft' ihm am Leib. Ein Grauen befiel sie,
Niemand wollte zur Küche, sie liefen und ließen ihn stehen.
Herr, die Gierigen mein ich hiermit. Solange sie mächtig
Sind, verlangt sie ein jeder zu seinem Freunde zu haben.
Stündlich sieht man sie an, sie tragen das Fleisch in dem Munde.
Wer sich nicht nach ihnen bequemt, der muß es entgelten,
Loben muß man sie immer, so übel sie handeln, und also
Stärkt man sie nur in sträflicher Tat. So tut es ein jeder,
Der nicht das Ende bedenkt. Doch werden solche Gesellen
Öfters gestraft, und ihre Gewalt nimmt ein trauriges Ende.
Niemand leidet sie mehr, so fallen zur Rechten und Linken
Ihnen die Haare vom Leibe. Das sind die vorigen Freunde,
Groß und klein, sie fallen nun ab und lassen sie nackend;
So wie sämtliche Hunde sogleich den Gesellen verließen,
Als sie den Schaden bemerkt und seine geschändete Hälfte.
Gnädiger Herr, Ihr werdet verstehn, von Reineken soll man
Nie so reden, es sollen die Freunde sich meiner nicht schämen.
Euer Gnaden dank ich aufs beste, und könnt ich nur immer
Euren Willen erfahren, ich würd ihn gerne vollbringen.

Viele Worte helfen uns nichts, versetzte der König:
Alles hab ich gehört und, was Ihr meinet, verstanden.
Euch, als edlen Baron, Euch will ich im Rate wie vormals
Wieder sehen; ich mach Euch zur Pflicht, zu jeglicher Stunde
Meinen geheimen Rat zu besuchen. So bring ich Euch wieder
Völlig zu Ehren und Macht, und Ihr verdient es, ich hoffe.
Helfet alles zum besten wenden! Ich kann Euch am Hofe

Nicht entbehren, und wenn Ihr die Weisheit mit Tugend verbindet,
So wird niemand über Euch gehn und schärfer und klüger
Rat und Wege bezeichnen. Ich werde künftig die Klagen
Über Euch weiter nicht hören. Und Ihr sollt immer an meiner
Stelle reden und handeln als Kanzler des Reiches. Es sei Euch
Also mein Siegel befohlen, und was Ihr tuet und schreibet,
Bleibe getan und geschrieben. – So hat nun Reineke billig
Sich zu großen Gunsten geschwungen, und alles befolgt man,
Was er rät und beschließt, zu Frommen oder zu Schaden.

Reineke dankte dem König und sprach: Mein edler Gebieter,
Zu viel Ehre tut Ihr mir an, ich will es gedenken,
Wie ich hoffe Verstand zu behalten. Ihr sollt es erfahren.

Wie es dem Wolf indessen erging, vernehmen wir kürzlich.
Überwunden lag er im Kreise und übel behandelt,
Weib und Freunde gingen zu ihm und Hinze, der Kater,
Braun, der Bär, und Kind und Gesind und seine Verwandten.
Klagend legten sie ihn auf eine Bahre, man hatte
Wohl mit Heu sie gepolstert, ihn warm zu halten, und trugen
Aus dem Kreis ihn heraus. Man untersuchte die Wunden,
Zählete sechsundzwanzig; es kamen viele Chirurgen,

Die sogleich ihn verbanden und heilende Tropfen ihm reichten.
Alle Glieder waren ihm lahm. Sie rieben ihm gleichfalls
Kraut ins Ohr, er nieste gewaltig von vornen und hinten.
Und sie sprachen zusammen: Wir wollen ihn salben und baden;
Trösteten solchergestalt des Wolfes traurige Sippschaft,
Legten ihn sorglich zu Bette, da schlief er, aber nicht lange,
Wachte verworren und kümmerte sich, die Schande, die Schmerzen
Setzten ihm zu, er jammerte laut und schien zu verzweifeln;
Sorglich wartete Gieremund sein mit traurigem Mute,
Dachte den großen Verlust. Mit mannigfaltigen Schmerzen
Stand sie, bedauerte sich und ihre Kinder und Freunde,
Sah den leidenden Mann, er konnt es niemals verwinden,
Raste vor Schmerz, der Schmerz war groß und traurig die Folgen.

Reineken aber behagte das wohl, er schwatzte vergnüglich
Seinen Freunden was vor und hörte sich preisen und loben.
Hohen Mutes schied er von dannen. Der gnädige König
Sandte Geleite mit ihm und sagte freundlich zum Abschied:
Kommt bald wieder! Da kniete der Fuchs am Throne zur Erden,
Sprach: Ich dank Euch von Herzen und meiner gnädigen Frauen,
Eurem Rate, den Herren zusamt. Es spare, mein König,
Gott zu vielen Ehren Euch auf, und was Ihr begehret,
Tu ich gern, ich lieb Euch gewiß und bin es Euch schuldig.
Jetzo, wenn Ihrs vergönnt, gedenk ich nach Hause zu reisen,
Meine Frau und Kinder zu sehn, sie warten und trauren.

Reiset nur hin, versetzte der König: und fürchtet nichts weiter.
Also machte sich Reineke fort, vor allen begünstigt.
Manche seines Gelichters verstehen dieselbigen Künste,
Rote Bärte tragen nicht alle; doch sind sie geborgen.
Reineke zog mit seinem Geschlecht, mit vierzig Verwandten,
Stolz von Hofe, sie waren geehrt und freuten sich dessen.

Als ein Herr trat Reineke vor, es folgten die andern.
Frohen Mutes erzeigt' er sich da, es war ihm der Wedel
Breit geworden, er hatte die Gunst des Königs gefunden,
War nun wieder im Rat und dachte, wie er es nutzte.
Wen ich liebe, dem frommts, und meine Freunde genießens,
Also dacht er; die Weisheit ist mehr als Gold zu verehren.

So begab sich Reineke fort, begleitet von allen
Seinen Freunden, den Weg nach Malepartus, der Feste.
Allen zeigt' er sich dankbar, die sich ihm günstig erwiesen,
Die in bedenklicher Zeit an seiner Seite gestanden.
Seine Dienste bot er dagegen; sie schieden und gingen
Zu den Seinigen jeder, und er in seiner Behausung
Fand sein Weib, Frau Ermelyn, wohl; sie grüßt' ihn mit Freuden,
Fragte nach seinem Verdruß, und wie er wieder entkommen.
Reineke sagte: Gelang es mir doch! ich habe mich wieder
In die Gunst des Königs gehoben, ich werde wie vormals
Wieder im Rate mich finden, und unserm ganzen Geschlechte
Wird es zur Ehre gedeihn. Er hat mich zum Kanzler des Reiches
Laut vor allen ernannt und mir das Siegel befohlen.
Alles, was Reineke tut und schreibt, es bleibet für immer
Wohlgetan und geschrieben, das mag sich jeglicher merken!
Unterwiesen hab ich den Wolf in wenig Minuten,

Und er klagt mir nicht mehr. Geblendet ist er, verwundet
Und beschimpft sein ganzes Geschlecht; ich hab ihn gezeichnet!
Wenig nützt er künftig der Welt. Wir kämpften zusammen,
Und ich hab ihn untergebracht. Er wird mir auch schwerlich
Wieder gesund. Was liegt mir daran? Ich bleibe sein Vormann,
Aller seiner Gesellen, die mit ihm halten und stehen.

Reinekens Frau vergnügte sich sehr; so wuchs auch den beiden
Kleinen Knaben der Mut bei ihres Vaters Erhöhung.
Untereinander sprachen sie froh: Vergnügliche Tage
Leben wir nun, von allen verehrt, und denken indessen
Unsre Burg zu befestgen und heiter und sorglos zu leben.

Hochgeehrt ist Reineke nun! Zur Weisheit bekehre
Bald sich jeder und meide das Böse, verehre die Tugend!
Dieses ist der Sinn des Gesangs, in welchem der Dichter
Fabel und Wahrheit gemischt, damit ihr das Böse vom Guten
Sondern möget und schätzen die Weisheit, damit auch die Käufer
Dieses Buchs vom Laufe der Welt sich täglich belehren.
Denn so ist es beschaffen, so wird es bleiben, und also
Endigt sich unser Gedicht von Reinekens Wesen und Taten.
Uns verhelfe der Herr zur ewigen Herrlichkeit! Amen.

Zu dieser Ausgabe

insel taschenbuch 2564: Der Text des vorliegenden Bandes folgt der 1964 im Insel-Verlag, Leipzig, erschienenen Ausgabe: Johann Wolfgang Goethe, Reineke Fuchs. In zwölf Gesängen. Mit 117 Illustrationen von Josef Hegenbarth.

100 JAHRE INSEL VERLAG

Der Name des Insel Verlages steht in seiner 100jährigen Geschichte für Weltliteratur von der Antike bis zur Moderne. Das »schöne Insel-Buch« zählt zu den Höhepunkten künstlerischer Buchgestaltung. Zum 100. Geburtstag erscheinen im insel taschenbuch elf Titel in einer besonders hochwertigen Jubiläumsausstattung.

Johann Wolfgang Goethe, Reineke Fuchs
In zwölf Gesängen. Mit Illustrationen
von Josef Hegenbarth
it 2564. 224 Seiten

Rainer Maria Rilke,
Die Aufzeichnungen des Malte Laurids Brigge
it 2565. 240 Seiten

Hermann Hesse, Wer lieben kann, ist glücklich
Geschichten, Gedanken und Gedichte über die Liebe.
Zusammengestellt von Volker Michels
it 2566. 208 Seiten

Robert Louis Stevenson, Die Schatzinsel
Mit Illustrationen von Howard Pyle
it 2567. 304 Seiten

Lewis Carroll, Alice im Wunderland,
Alice hinter den Spiegeln
Aus dem Englischen von Christian Enzensberger
Mit Illustrationen von John Tenniel
it 2568. 270 Seiten

Die schönsten Geschichten aus Tausendundeiner Nacht
Übersetzt und ausgewählt von Enno Littmann
it 2569. 560 Seiten

Die Gespräche des göttlichen Pietro Aretino
Übertragen von Heinrich Conrad
it 2570. 544 Seiten

Charles Baudelaire, Die Blumen des Bösen
Übertragen von Wolf Graf von Kalckreuth
it 2571. 176 Seiten

Leo N. Tolstoj, Die schönsten Erzählungen
Aus dem Russischen von Gisela Drohla, Alexander Eliasberg, Arthur Luther und Hermann Röhl
it 2572. 288 Seiten

Stendhal, Über die Liebe
Aus dem Französischen von Walter Hoyer
it 2573. 432 Seiten

Oscar Wilde, Das Bildnis des Dorian Gray
Aus dem Englischen von Hedwig Lachmann und Gustav Landauer
it 2574. 288 Seiten

Johann Wolfgang Goethe im Insel Verlag

Werke in sechs Bänden. Jubiläumsausgabe. Herausgegeben von Friedmar Apel, Hendrik Birus, Dieter Borchmeyer, Jans-Georg Dewitz, Wolf von Engelhardt, Stefan Greif, Herbert Jaumann, Andrea Ruhlig, Albrecht Schöne, Wilhelm Voßkamp, Manfred Wenzel und Waltraud Wiethölter. Redaktion: Hans-Georg Dewitz. Leinen

Der junge Goethe in seiner Zeit. Texte und Kontexte. Sämtliche Werke, Briefe, Tagebücher und Schriften bis 1775. Bilder, Handschriften, Zeugnisse und Werke der Zeitgenossen. Bildungsmuster der Epoche. Kommentare, Chronik, Register. In zwei Bänden und einer CD-ROM. Herausgegeben von Karl Eibl, Fotis Jannidis und Marianne Willems. Leinen

Einzelausgaben

Alle Freuden, die unendlichen. Liebesgedichte und Interpretationen. Herausgegeben von Marcel Reich-Ranicki. IB 1028

Dichtung und Wahrheit. Mit zeitgenössischen Illustrationen, ausgewählt von Jörn Göres. 2 Bde. Leder

Dichtung und Wahrheit. 3 Bde. in Kassette. Mit Bildmaterial. it 149-151

Dichtung und Wahrheit. Herausgegeben von Jörn Göres. Mit zeitgenössischen Illustrationen. In einem Band. it 2288

Elegie von Marienbad. Faksimile einer Urhandschrift. September 1823. Mit einem Kommentarband. Herausgegeben von Christoph Michel und Jürgen Behrens. Mit einem Geleitwort von Arthur Henkel. Leder

Erotische Gedichte. Gedichte, Skizzen und Fragmente. Herausgegeben von Andreas Ammer. it 1225

Faust. Gesamtausgabe. Leinen und Leder

Faust. Erster und zweiter Teil. Herausgegeben und mit einem Nachwort versehen von Jörn Göres. it 2283

Faust. Erster Teil. Nachwort von Jörn Göres. Illustrationen von Eugène Delacroix. it 50

Faust. Zweiter Teil. Mit Federzeichnungen von Max Beckmann. Mit einem Nachwort zum Text von Jörn Göres und zu den Zeichnungen von Friedhelm Fischer. it 100

Faust. Zweiter Teil. Faksimile der Erstausgabe. Leder

Urfaust. Faust. Ein Fragment. Faust. Eine Tragödie. Paralleldruck der drei Fassungen. 2 Bde. in Kassette. Herausgegeben von Werner Keller. it 625

Gedichte. Sämtliche Gedichte in zeitlicher Folge. Herausgegeben von Heinz Nicolai. it 1400 und it 2281

54/1/5.98

Johann Wolfgang Goethe
im Insel Verlag

Gedichte 1. Mit 31 Illustrationen von Ernst Barlach. IB 1144
Gedichte 2. Mit 15 Illustrationen von Max Liebermann. IB 1145
Gedichte 3. Mit 19 Illustrationen von Hans Meid. IB 1146
Gedichte 4. Mit 20 Illustrationen von Karl Walser. IB 1147
Gedichte in einem Band. Herausgegeben von Heinz Nicolai. Leinen
Gedichte in Handschriften. Fünfzig Gedichte Goethes. Ausgewählt und erläutert von Karl Eibl. it 2175
Goethe für Gestreßte. Ausgewählte Texte. Herausgegeben von Walter Hinck. it 1900
Goethes Gedanken über Musik. Eine Sammlung aus seinen Werken, Briefen, Gesprächen und Tagebüchern. Herausgegeben von Hedwig Walwei-Wiegelmann. Mit achtundvierzig Abbildungen, erläutert von Hartmut Schmidt. it 800
Goethes Liebesgedichte. Herausgegeben von Hans Gerhard Gräf. Mit einem Nachwort von Emil Staiger. Leinen, Leder und it 275
Goethes schönste Gedichte. Herausgegeben von Jochen Schmidt. IB 1013
Hermann und Dorothea. Mit Aufsätzen von August Wilhelm Schlegel, Wilhelm von Humboldt, Georg Wilhelm Friedrich Hegel und Hermann Hettner. Mit zehn Kupfern von Catel. it 225
Hier schicke ich einen Traum. Fünfzig Geschenk- und Stammbuchblätter gezeichnet von Johann Wolfgang Goethe. Faksimile im Lichtdruck. Herausgegeben und kommentiert von Gerhard Femmel. Kassette
»Ich bin so guter Dinge«. Goethe für Kinder. Ausgewählt von Peter Härtling. Illustriert von Hans Traxler. Halbleinen
Italienische Reise. Mit vierzig Zeichnungen des Autors. Herausgegeben und mit einem Nachwort versehen von Christoph Michel. it 175 und it 2289
Tagebuch der Italienischen Reise 1786. Notizen und Briefe aus Italien. Mit Skizzen und Zeichnungen des Autors. Herausgegeben und erläutert von Christoph Michel. it 176
Die Kunst des Lebens. Aus seinen Werken, Briefen und Gesprächen zusammengestellt von Katharina Mommsen unter Mitwirkung von Elke Richter. it 2300
Das Leben, es ist gut. 100 Gedichte. Ausgewählt von Siegfried Unseld. it 2000
Die Leiden des jungen Werther. Bibliothek deutscher Erst- und Frühausgaben in originalgetreuen Wiedergaben. Herausgegeben von Bernhard Zeller. Leder

54/2/5.98

Johann Wolfgang Goethe im Insel Verlag

Die Leiden des jungen Werther. Mit einem Essay von Georg Lukács. Nachwort von Jörn Göres. Mit zeitgenössischen Illustrationen von Daniel Nikolaus Chodowiecki und anderen. Leinen, it 25 und it 2284

Lektüre für Augenblicke. Gedanken aus seinen Büchern, Briefen und Gesprächen. Auswahl und Nachwort von Gerhart Baumann. Pappband und it 1750

Märchen. Der neue Paris. Die neue Melusine. Das Märchen. Herausgegeben und erläutert von Katharina Mommsen. it 825 und it 2287

Der Mann von fünfzig Jahren. Mit einem Nachwort von Adolf Muschg. it 850

Maximen und Reflexionen. Text der Ausgabe von 1907 mit den Erläuterungen und der Einleitung Max Heckers. Nachwort von Isabella Kuhn. it 200

Mit Goethe durch den Garten. Ein Abc für Gartenfreunde, aufgeblättert von Claudia Schmölders. Mit Bildern von Hans Traxler. it 1211

Mit Goethe durch den Garten. Ein Abc für Gartenfreunde, aufgeblättert von Claudia Schmölders. it 1812

Novellen. Herausgegeben und mit einem Nachwort versehen von Katharina Mommsen. Mit Federzeichnungen von Max Liebermann. it 425

Pandora. Ein Festspiel. Illustriert von Johannes Grützke. Einmalige numerierte Auflage in tausend Exemplaren. Leinen im Schuber

Reineke Fuchs. Mit Stahlstichen nach Zeichnungen von Wilhelm Kaulbach. it 125

Das Römische Carneval. Mit den farbigen Figurinen von 1789. Mit einem Nachwort von Isabella Kuhn. IB 1155

Römische Elegien. Faksimile der Handschrift und Transkription. Mit einem Nachwort von Horst Rüdiger. IB 1010

Römische Elegien und Venezianische Epigramme. Herausgegeben von Regine Otto. it 1150

Sämtliche Balladen und Romanzen in zeitlicher Folge. Herausgegeben von Karl Eibl. it 1275

Skizzen zu einer Schilderung Winckelmanns. Mit einem Nachwort von Jochen Golz. Mit zahlreichen Abbildungen. IB 1149

Die Tafeln zur Farbenlehre und deren Erklärungen. Mit einem Nachwort von Jürgen Teller. Mit siebzehn Abbildungen. IB 1140

Venezianische Epigramme. Eigenhändige Niederschriften, Transkriptionen und Kommentar. Herausgegeben von Jochen Golz und Rosalinde Gothe. Leinen

54/3/5.98

Johann Wolfgang Goethe
im Insel Verlag

Vermischte Gedichte. Faksimile. Mit einem Kommentarband, herausgegeben von Karl-Heinz Hahn. 2 Bde. Pappband

Verweile doch. Gedichte mit Interpretationen. Herausgegeben von Marcel Reich-Ranicki. Leinen und it 1775

Die Wahlverwandtschaften. Ein Roman. Erläuterungen von Hans-J. Weitz. Mit einem Essay von Walter Benjamin. Leinen, Leder, it 1 und it 2285

West-östlicher Divan. Zwei Bände. I. Faksimile der Handschriften. II. Kommentar. Herausgegeben von Katharina Mommsen. Numerierte und auf 1000 Exemplare limitierte Auflage. Leinen im Schmuckschuber

West-östlicher Divan. Herausgegeben und erläutert von Hans-J. Weitz. Mit Essays zum ›Divan‹ von Hugo von Hofmannsthal, Oskar Loerke und Karl Krolow. Leinen, it 75 und it 2282

Wilhelm Meisters Lehrjahre. Herausgegeben von Erich Schmidt. Mit sechs Kupferstichen von Catel, sieben Musikbeispielen und Anmerkungen. Leinen, it 475 und it 2286

Wilhelm Meisters Wanderjahre oder die Entsagenden. Mit einem Nachwort von Adolf Muschg. Leinen, Leder und it 575

Übersetzungen

Rameaus Neffe. Ein Dialog von Denis Diderot. Übersetzt von Goethe. Zweisprachige Ausgabe. Mit Zeichnungen von Antoine Watteau und einem Nachwort von Horst Günther. it 1675

Briefe und Gespräche

Behalte mich ja lieb! Christianes und Goethes Ehebriefe. Auswahl und Nachwort von Sigrid Damm. Mit einem Frontispiz. IB 1190

Der Briefwechsel zwischen Schiller und Goethe. Herausgegeben von Emil Staiger. Leinen

Der Briefwechsel zwischen Schiller und Goethe. 2 Bde. Herausgegeben von Emil Staiger. Mit Illustrationen. Bildkommentar von Hans-Georg Dewitz. it 250

Geschichte meines Herzens. Briefe an Behrisch. Herausgegeben und mit einem Anhang versehen von Wilhelm Große. IB 1189

Goethes Briefe aus dem Elternhaus. Herausgegeben und mit drei Essays eingeleitet von Ernst Beutler. it 1850

Goethes Ehe in Briefen. Der Briefwechsel zwischen Goethe und Christiane Vulpius 1792-1816. Herausgegeben von Hans Gerhard Gräf. it 1625

54/4/5.98

Johann Wolfgang Goethe im Insel Verlag

Lieber Engel, ich bin ganz dein. Goethes schönste Briefe an Frauen. Herausgegeben von Angelika Maass. Mit zahlreichen Abbildungen. it 2150

Sollst mir ewig Suleika heißen. Briefwechsel mit Marianne und Johann Jakob Willemer. Herausgegeben von Hans-J. Weitz. it 1475

Zu Goethe

Beutler, Ernst. Essays um Goethe. it 1575

Goethe. Sein Leben in Texten und Bildern. Vorwort von Adolf Muschg. Herausgegeben von Christoph Michel. Gestaltet von Willy Fleckhaus. Leinen, kartoniert und it 1000

Goethe. Seine äußere Erscheinung. Literarische und künstlerische Dokumente seiner Zeitgenossen. Zusammengetragen von Emil Schaeffer. Überprüft und ergänzt von Jörn Göres. it 2275

Bei Goethe zu Gast. Besuche in Weimar. Herausgegeben von Werner Völker. Mit zahlreichen Abbildungen. it 1725

Die Erotica und Priapea aus den Kunstsammlungen Johann Wolfgang Goethes. Herausgegeben und erläutert von Gerhard Femmel und Christoph Michel. Limitierte Ausgabe. Mit Abbildungen. Leinen

Die Erotica und Priapea aus den Kunstsammlungen Johann Wolfgang Goethes. Herausgegeben und erläutert von Gerhard Femmel und Christoph Michel. Mit 74, teilweise farbigen Abbildungen. Klappen-Broschur

Goethe aus der Nähe. Texte von Zeitgenossen. Ausgewählt und kommentiert von Eckart Kleßmann. it 1800

Goethe im zwanzigsten Jahrhundert. Spiegelungen und Deutungen. Herausgegeben von Hans Mayer. Leinen

Goethe in Leipzig 1765-1768. Bruchstücke einer Konfession, dokumentiert in Briefen und Selbstzeugnissen. Zusammengestellt von Christine Schaper. Mit 12 Holzstichen von Karl-Georg Hirsch. Pappband im Schuber.

Goethe und die Französische Revolution. Insel-Almanach auf das Jahr 1989. Herausgegeben und erläutert von Karl Otto Conrady. Kartoniert

Goethe und die Medizin. Selbstzeugnisse und Dokumente. Herausgegeben von Manfred Wenzel. Mit zahlreichen Abbildungen. it 1350

Goethe und die Religion. Aus Goethes Werken und Briefen zusammengestellt von Hans-Joachim Simm. it 2200

Goethe, unser Zeitgenosse. Über Fremdes und Eigenes. Herausgegeben von Siegfried Unseld. it 1425 und it 2290

54/5/5.98

Johann Wolfgang Goethe
im Insel Verlag

Goethes Anschauen der Welt. Schriften und Maximen zur wissenschaftlichen Methode. Herausgegeben von Ekkehart Krippendorf. Gebunden

Hesses Dank an Goethe. Betrachtungen, Rezensionen, Briefe. Mit einem Nachwort von Siegfried Unseld. it 2250

Petra Maisak/Hans-Georg Dewitz: Das Goethe-Haus Frankfurt am Main. Mit einem Vorwort von Christoph Perels und farbigen Abbildungen. it 2225

Sigrid Damm: Christiane und Goethe. Eine Recherche. Mit 10 Abbildungen. Gebunden

Siegfried Unseld: Goethe und der Gingko. Ein Baum und ein Gedicht. Mit Abbildungen. Limitierte Vorzugsausgabe in 850 Exemplaren. Leder

– Goethe und der Gingko. Ein Baum und ein Gedicht. Mit Abbildungen. IB 1188

– Goethe und seine Verleger. it 2500

Zwanzig Handzeichnungen von 1810. Ein Zyklus. Herausgegeben von Margarete Oppel. 22 Blätter. Mit einem Kommentar von etwa 100 Seiten. Mappenwerk in Kassette

Kalender

Johann Wolfgang Goethe 1999. CalenDarium

Goethe-Kalender 1999. Mit dreizehn Handzeichnungen und Betrachtungen von Johann Wolfgang Goethe

Johann Wolfgang Goethe. 250. Geburtstag. Insel-Almanach auf das Jahr 1999. Herausgegeben von Hans-Joachim Simm. Mit einem Verzeichnis der lieferbaren Goethe-Veröffentlichungen des Insel Verlags und mit einer Übersicht über die Goethe-Editionen des Deutschen Klassiker Verlags. Kartoniert

54/6/5.98